噪音朗讀

許水富第十本詩集

X O

噪音。朗讀

海不足於形容許水富
何況是島、現代主義後現代主義以及虛無

序

蕭蕭

一、顧盼自雄的詩人

許水富說，這是他的第十本詩集，定名為《噪音朗讀》。我相信這樣的書名不會跟人家相撞。一般人，即使是詩人，可能選擇「噪音」，也可能選擇「朗讀」，卻不會選擇將「噪音」與「朗讀」緊密連接在一起。他的寓意是：即使是噪音，也要朗讀？還是：即使朗讀，還是——噪音？

許水富結集之作，我未能遍讀，我只熟悉最近的《多邊形的體溫》（唐山，二〇〇七）、《飢餓》（唐山，二〇〇九）、《寡人詩集》（唐山，二〇一一）、《買買詩集》（釀，二〇一三）以及《噪音朗讀》（釀，二〇一五）。詩人方明在讀過這些詩集之後，說：「從書名中可隱約感受到詩人的『孤冷』，以及詩人以銳力的目光審視現實生活中各階層的節奏。」（〈咫尺孤寂——顧盼詩人許水富〉，《幼獅文藝》二〇一四・三）。對於方明說的「孤冷」的「孤」，我贊同，可以呼應方明題目「咫尺孤寂」；不過，對於「孤冷」的「冷」，我不表贊同，因為讀過許水富詩集，讓人覺得一身燥熱，不僅近距離可以感受到許水富的呼吸急促，遠距離也一樣聽聞得到他故意大聲朗讀的「噪音」，我寧願稱之為休火山似的「孤熱」，這時的許水富真是一位「顧盼詩人」，我這樣的說辭，自有我的依據，依據的是許水富自己的〈詩觀小記〉：

字句成型來自對細微生活的感悟和覺醒。詩人所處的國度必然有他的人生溫差。雪或火鑄都是一種行走的姿勢。在自己的位置，透過世界觀，發亮詩的共鳴性。

我喜歡在靠近冥想和磨損的線索驚駭中找詩的昇華，若沒有詩，我日子將塗炭，膚淺不堪。幸好，有詩，可以窺視龐大的自己。

（《乾坤詩刊》六十九期，頁一）

窺視龐大的自己，就是顧盼自雄的一種自信。在雪和火鑄的溫差中，他會選擇火，選擇昇華，選擇發亮。

以五行的質性來確立歸屬，除了火，許水富還能歸屬何處？——或許是水，卻是容易接近沸點的水；如果是土，赤道或兩極是他的座落處；可以是木，容易鑽得火星；可能是金，輕輕碰擊，火花四迸。——若是，「孤熱」的火不是最為允當嗎？

二、燦爛濾過孤獨症候群

沒錯，他就是一個有著嚴重的「燦爛濾過孤獨症候群」的人。

這是白靈診斷後定調的。

白靈不用「火」，他用「燦爛」。

一般人將「燦爛」等同於繁華、風光、熱鬧、慶典，接近於爆竹、煙火、狂歡、喜慶，但白靈認為許水富的「燦爛」是砲火落在門前的燦爛，是童年不斷在炮光、淚光和星光中開花的「燦爛」（〈被燦爛濾過的詩人〉，《多邊形體溫》序），不也就是「戰火」的「燦爛」？

白靈認為在同齡的詩人群中，許水富最像杜十三，都是偏離正常詩軌最遠的兩位，白靈曾以普遍性的語言說杜十三是屬於火，他是火焰之子，火是沒有形狀的，無法確知自己燃燒的模樣或方向，杜十三最終燃盡自己的一生，把熱獻給世界，「把光獻給天空」。

基本上，詩也具有這種「火」的能耐，詩所使用的語言往往改變他原來的意涵，衍生出不同的能量。許水富與杜十三都是詩壇上最擅於點火搧風的高手，燃燒語言原有的、獨立的「質」，產生新的詩的「能」。而且，在不同的，位置，各自，孤獨地，燃燒。

三、絕不斷醉或斷絕不醉？

許水富之所以與杜十三相近，最大的緣由來自於他們都以「混雜眾有、交構媒材」（白靈語）的方式，產製他們的詩集。如許水富最初的詩集《叫醒，私密痛覺》封底上說，這是一本「生活、詩畫、廢墟出土的殘缺作品」；《多邊形體溫》則是「詩．散文與手抄字的眾生」；至於《噪音朗讀》會以甚麼樣式出現，我們拭目以待、或者洗耳恭聽。

或者，跟張默一樣，從醉想、斷想、絕想、不想出發（《寡人詩集序》），可能「絕不斷醉」，也可能「斷絕不醉」，只是「絕不斷醉」或者「斷絕不醉」，都是金門詩人的特質——「醉」到底。留下孤獨的「想」。

沒有部首的夜。喉底遼闊
一半身世有酒大滌

（〈鄉關四帖．酒夜〉）

序

張默看透了金門詩人許水富「從醉想、斷想、絕想、不想出發」，我卻警覺到，所謂「醉想、斷想、絕想、不想」呼應著《金剛經》的「應無所住」，「想」則呼應了「而生其心」，「應無所住而生其心」，只有勇敢的「斷」，才有勇敢的、新生的「想」。

四、詩是詩者的噪音

然而，不論多麼勇敢的「斷」，都是偶斷，如藕之斷，必有絲「思、詩」相連。

當我們在思考許水富何以選擇「噪音」「朗讀」？其實在《寡人詩集．自序》裡，以淡淡的反白字，許水富說：這嚎啕寂寞原是詩者出竅的魂魄。

詩是詩者的噪音
一字一字的錘鍊。篩洗
筆尖唾液啄出沉默。甚至症狀
在諸多血肉語言轉世
破土萌生。美麗的聲音
一字一字唸給滄桑的人聽
這嚎啕寂寞原是詩者出竅的魂魄

詩是詩者的噪音，一字一字錘鍊，我們怎能不細細低吟，或者豪聲朗讀？

這嚎啕寂寞原是詩者出竅的魂魄，我們怎能不細細低吟，或者豪聲朗讀？

五、至於海之種種虛無譬喻……

看來，海是無法形容許水富了！

許水富可以短到兩行：「在一截背影聽到死亡／在一條細線聽見時間的叫喊」（〈占卜〉），以小見大，以微知著，敏感到在細線裡聽見時間，理性得在背影的模糊影像中嗅聞死亡的騷味。這不就是現代主義、存在主義、虛無主義的常態性工程？許水富以兩行詩句推翻那些造作的架式。

或者，許水富以三十二行去記述「成長」，上一世紀的文青如何將夢與現實雜揉，一點左傾、頹廢的可能，禁書、戒嚴、酒精、吶喊之追尋與抵禦：

雨在哭。窗外的老年代
革命和一朵朵帶刺庇護的玫瑰
歷史鑼鼓。燃燒夢的記憶
離開或著坐困駐居
星羅棋布的在廣場演示人世風景
主義與浪漫。漂浮激越
靈魂荒景。混合信仰聲音
長長枯嶺街種植茂盛左派
新公園堆滿空酒瓶和鼾聲
書頁之外。我們吶喊混血搖滾

序

小小台灣意識的對撞和甦醒
島嶼巷弄。懷裡有陳映真以及多數的楊青矗
穿過黑夜。失語的真理雷鳴翻騰
手稿墨漬未乾。隆隆序曲著火
那些掄筆胸膛起伏動魄的繼承
我們沿向理想的萌芽杜撰閃亮情節
中山北路像一部寫壞的小說
典故與囈語妥協
明星咖啡屋重返客體文化發言
殷海光與黃春明撐著雲層狂瀉裡的月光
我們在硝煙如霧的杯底找位置
我們擱淺在詩詞意象中眺望
那些年。那些遙遠而生澀的乾坤流轉
禁書和佈滿戒嚴的流亡覺知
如此撼動的回答力量
我們習以為常的存活下來
像晴朗天氣。一株土壤的小芯
在光影傾斜的日照喘息。重返
滿載筆畫回音。觀點
聽身世風雨描述。書寫和歸位
諸多辨證。日子緩緩裡的空境
繼續行履。繼續清唱。繼續建構

這不是浪漫主義者的革命思想？這不是虛無主義者的矛盾？他們都在許水富的心中衝撞。

海之種種虛無譬喻，顯然不足於形容許水富，何況是島、現代主義、後現代主義以及虛無諸如此類等等，何況是詩、創意設計、工商書法、POP、手抄字、散文等等。——但是，拋離這些又何以認識島、認識海與洋、認識許水富和他的噪音？

二〇一五年驚蟄　寫於明道大學蠡澤湖

目次

如果明天會下雨

一些雨。少許玄學般心情
在初亮街場獨步踏去
如果風景是綻開的一幢幢建築排列
如果眺望是一種惘惘蒼涼
而且沈默顫慄。沒有人的信息
我依著微光探尋暗夜留下的黏膩
無由看著衰弱驚異逆光的神情浮游
那些游民們和唱詩班預言下的顫音依然濃密
困頓長夜繼起的洪荒穿行
可能的是教堂禮拜照常儀式禱告
可能的是囚在視角狹窄的政府論述
可能的是我俯首愧對無能為力的交付
彷彿世紀聖嬰乾燥捲舌生死臨界
滴滴答答。受潮幽暗的磨損國家
如果街道是窮人身體躺下的床
如果手機顯示的簡訊都是救護車脈搏
也許明天繼續下雨。繼續起霧而晦澀
那些過重的威儀依然無法褪下
可能的是方土蠻荒不堪的生靈蹉跎
扶搖直上。鬱血腥味在我們殿堂鬆動漫延
升斗子民如此被掏空而深陷倍數苦楚
如果街燈凝縮成唯一沼澤手勢
如果孤寒文本沒有記載受寵關愛旁註
我如何在甦醒靈魂讀出您們的唇語
一個人。一些雨。羅織最黑暗的沉默沉默

● 病中

1.身體是偽政權
長出體制外的獠牙
所有的侵略。軟弱。遮蔽
像一首詩裡的遭遇

2.自己是自己的零件
尺寸銳利的行進。鬆脫。縫補
試圖以藤蔓的黏連構築
一幢違章粗暴的第三者

● 介於原我之後的　荒蕪

只是一個字。我
我與我之間。世紀末的懸案
像龜裂象形的引渡
我們存在一種視而不見的荒境
不具真實。不斷的未完

以內和以外都是脆弱的困窘
有時候。我只是途經的意外
和膠片曝光一樣。閃光
沒有疆界。只剩煙花殘灰
沒有著力點。一切回歸心房內的收妥
我們。是渦狀的液體
遺忘或小小的死亡
我。拆解成形聲以及蛻變後的一尾字跡
並且試圖列印共鳴的愛
像物種。靠近繁衍
我與我們。未置一辭的反覆篩選
繼續的關係。符號和隱喻
您已不在我的展示裡
您只是一個您。像被寵壞的形容詞
一個推磨過的悔悟意象
無愛。無有可揭開的風景
像潮岸退去的一顆鵝卵石
斷滅。孤寂。曾經的本能
所謂他者。滿滿空洞眼神
我。還是我指涉的原貌
單一而疏遠。一個軀殼前世
在時間的推移和游走
心是朽木。物是贗幣
我成為我的小寫。我是赤裸的剛好
此刻。梳洗或鐘擺逆流
像一趟旅程。獨裁的我和我之間
仍然習慣被稱呼為我。我

迷途。

您試圖模仿我臨水漫舞輕履
像朵朵曼陀羅綻笑的仰望
像青煙。像我讀過的證得萬法皆空
像人世一切迴轉劫難
是因緣。是願如同迷途於花間生滅
我必得捧場栽種這華枝滿庭燦麗
給您。痴者未深的預支
給來世補賞。我且捨下悲欣茹苦
終究我只是月下流曳的一帖懷素
墨舞無蹤。無行也無形
飛白去處。風起潮生的吟誦
不曾圓正和開滿。給經世回生的收藏
給一抹灰藍小節的斷念妄想
如我身世滑過的那些囈語水聲
遍地泥濘。您聽不懂的繁複琴弦
一滴一滴嵌進我們合唱的隱晦
那是未完整且顛仆的複沓深淵
那是我指尖未能履及的遠方
這五根六識的肉身倔強
這怯怯不語的冥想大數
這恆河星系劃過的浩歎
這宇宙。這同生安養的辭別
順時或永恆。我們都是不可說的無量光年

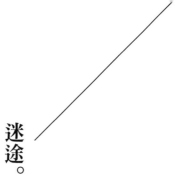

● 致李泰祥

不熟悉您的生平

只知道個子高高的阿美族音樂人

只知道記載有一顆橄欖樹正在長大

許多悅耳的聲音偶會在他者的唇舌飄過

而記憶裡的旋律和文字血肉填補

一一刺青在您發聲瘠瘦的靈魂烙痕裡

您不屑世俗高音的聒噪和同情

暗暗躲在孤獨閣樓雕鑿人間

試圖用樂章餵養常年多病的自己

並且澆溉這嗷嗷待哺的音樂土地

日以繼夜以沉甸心緒譜下諸多感染人心作品

像療癒眾生的活佛

用生命不多的光景述說愛和慈悲

用抖峭手勢指揮粗糙紅塵秩序

您終究在整個時代凝結幽冥下發亮

這一切來自您孤傲清明的心的座標

我們將因您一滴滴的音符讀出這世紀曠遠的溫柔

我在故鄉途經一幢島嶼咖啡館

匿名為一個人的場址或一個人的精神放逐
我擅自以詩和心跳節奏讀出自己的風景
其中隱藏庸俗生活下的自我沉澱之後
其中必然有我挑剔而獨立的曠原版圖
其中周遭環境和精神允諾應符合適當的對位
我確幸在一方島嶼的叢林邂逅一齣故事
這源自於美感和孤獨的嚮往和任性
一幢似乎被遺忘在座標安隱的咖啡館
陽光和蟲鳴和花草林木呵護的空間構築
室內極簡俐落的桌次鋪陳著樹影浮雕
偶有藤葉羽衣搖擺獨步流霜的旋舞
風笛裸音覓得季節滿室的臨觴
沉靜之間有吳爾芙「自己的房間」意境
幾張牆垣畫作深度探尋原鄉實況
彷彿最深沉的一抹沉定和嗔喜自在
對照我每次返鄉的行腳湮遠而懸宕無聲
如此這方寸國家公園內的山林淨土
召喚迴旋在田野和綠意盎然的綻放吸吮
晚風與流水以及繆思溫靜婉約的共舞
這是孤獨者養育的人間角落
我醉心喜樂於寂靜無我的萃取
像旅人烘培一則則的暮晚情節
不加慾望不加奶精的卡布奇諾
我沿著杯緣鋪展一簍李子恒的旁註
聽樂曲厚重嗓音漫流的怯怯鄉愁
那位侍者女孩試著揣摩我的心境
像唯一讀者讀著一行詩裡的攪拌
我彷彿聽到來自頻繁靈性的璀璨心湧
那是故鄉情境秘徑最美的行旅夢土

書房裡的孤獨靈魂　十帖

❶在屋內撿到一枚鏽的足址
那是海子來訪留下的殿堂
放置愛與孤獨以及不朽
敲著履音走盡的人生落暉
彷彿詩句漂泊的龐大穿越
彷彿火車舔著鐵軌奔向浩瀚

❷俯身聆聽。眾人卑微齷齪靈魂的哭聲
像一條沉長小河吶喊。無盡奔流而去
您以巨大的筆和窮人。乞丐以及小偷握手
並且以不畏勞役和迫害抗拒生命的懦弱
「罪與罰」。「地下室手記」。斑斕的人道主義書寫
在黑暗世紀裡與良心和真理對話
用生命熱力照見世人永遠的曙光
「杜斯妥也夫斯基」伴著我們迢迢長路前進
彷彿在風雨細節讀出一條救贖的方向
冗長名字。悠遠時空。不息心靈的火花綻放著
那是人類傳閱美好心智的一盞明燈

❸您跳動著飛翔翅翼。像弦律
懷抱低音遼闊的傾入
把洋洋灑灑字粒燒灼在喉口
為亂世年代寫序。為金振玉碎的履聲找出口
您以孤影小名匿隱成警世的聆聽
在一冊冊小市民的心聲中撼動無知與混濁
像零散的昨日初齋。鏽的陽光
悄悄晒在書房來訪的一記蕭蕭風雨

❹在一本書聽見您的聲音
像是追問一顆流星。智者的方向
我們對視著一個困頓世代
面對良心評判。以左翼作家的沉重
背負十字架的期待。聽您召喚
循向蠻荒森林裡的黑暗搖顫日月
彷彿千燈撐起的典藉風範影翳
尋尋覓覓純粹知識以及闡述自由正義力量
為這塊島土注入新生和人文主義
並且以耀眼身姿擦亮舊體制
在生命長跑隱遁中掙扎。發熱
用唐文標式的跳動。高歌痛且孤獨希望

❺窄窄小小詩句裡。長著飛揚肢翼
像風霜摩擦後的遼敻航行
靜止。就有滿屋生命的陽光
對照索黯幽忽的時間。燃起燈火
從童詩到泣血渾然天成的純真書簡
給遠方。給詩的宿命以及心靈告白
在這塊土體撒下衍生的種子幼苗
在漂泊島鄉撐起一彎星輝采虹
您以一介小兵的謙卑寫下滂沱氣勢的永恆
您把楊喚默想成速度的凋落
您以優雅意象同自己一併寫入歷史
那年。您只留下一記足印刻在時間的翹首

❻夾在書夜裡的嘆息。形上學的聲音
曝曬著二元論的表象意志探討
覆誦生命真知以及滄冥中的光年

在現世絕望裡以哲學論述彰顯永恆
譬如現象問題。譬如本體世界問題
諸多外相受苦的叫喊。您喃喃訴說
以藝術真知和心靈的晴朗度一切苦厄
升騰為閃爍光源。像觀世音菩薩
在十九世紀廣場獨與巍峨相望相知
越馳陷溺的平庸以及學院聒噪的虛華
穿行內心的本質。發現人的悲劇力量
您以藝術良心設想為世人鋪展鏗鏘的對話
勝者的低吟。啊。叔本華
您構成的宇宙藍圖已轉化為節奏的喝采

❼

三坪界址裡的汪洋
漲潮聲衍繼著七〇年代湧出
每句浪沫火花。翻騰。燒爆
歷史靜止。讀著雪夜穿透的抵抗
艱難的句點。三兩行國家的掩住
彷彿陳映真耗盡的哭聲。拉扯和顯現
在黑夜摩擦。疼痛但輝煌

❽

椰子林尾翼靜靜彈奏沉滯重量
憂鬱和浪漫。刮著心膛裡的幽寂
整座台北憮然地寂寞起來
遠方的野鴿子將暮日染成嬌小心事
說給自己聽。嘆息和青春
一個少年吹響時間縫隙裡的定格
我想起一幅畫裡的淡墨風韻
小小的晴朗。愛和脆弱
在最落寞的黃昏遠眺

在一屋子的流浪殺戮。印證和堅持
只為隱匿身後某種王尚義的生命復甦
就像虹彩霎那閃爍的美麗
您終究築成豪華璀璨裡的一簍蝶衣

❾
魂靈出世的託付。一生晚鐘
梵音愛憎擊住紅塵早春的喟嘆
您將身命送別給八荒凋殘的花魂
您欣喜承受今世風雨碧血
在人生境遇冷暖洗盡鉛華
在眾生疾苦中植下慈悲和情懷
允諾且舒展向佛的堅貞以及輝映點亮
並且以弘一法名修習來世的承繼
燈火日月。您用殞落肉身回覆黑暗裡的跳動
默然圓寂。幽微中成眾人淚痕裡的佛

❿
您在細弱時代的脈管找脈博
您選擇荒蔓小路前進。孤獨為伍
一路走回平民精神。耕讀寫作
把字句裡的痛投入強韌的民族意識
告訴世人我是楊逵。我是土地的子民
艱深引領黑暗火光。給苦難同胞
願隱身為虔誠的真理信徒
藏好自己一生的貧困和潦倒
用不朽篇章抵禦腐敗和邪惡
為島民生活引領一條鑑照遠航的路
悲慈行誼。來自挺拔風範的道德力量
八十歲月。悄悄爬滿歷史額前刻痕
綻亮每吋肌膚以及不被擊倒的精神召示

經過

十八號那天
氣候濃郁且私密
寂寞的人把月光摘下來
赤裸上身沒有穿鞋子
唇舌叨著虛弱的煙
桌上咖啡冒出呼呼疲憊
電話沒有人接
時間木訥的摩擦經過
誰是顧城
誰在屋外蹉跎人生
雨滴敲著自己失控的名字
世界正聾啞著
我單身情節剩下暗喻
那些沉默的坍塌
像一隻貓的場景
適合柔軟
在三坪漆黑的傾斜屋內
細嚼慢慢的渾沌

治療

散文詩

文字殘骸裡。您剩下偏旁。併發症。
網路供需存取的身體。膚色空間呈微弱的布希亞理論。
植物性的。藏隱。論述。愛和空泛的消費。

您在螢幕排演。預言。甚至大量複製。收納。用速度閱讀我們感官狀態。燃燒。並且無限虛擬佛洛伊德。
像地心引力。分裂。倒錯。在視覺潤滑劑裡的四次方。
交換餵養。觀點。暴力。一種無政府主義的歡悅。

生活劇場。迂迴人生。我們娛樂謊言和超現實。在符號與意義敘事虛構裡。器官。藥。拉鍊以及侵略。您主體意識不斷下載。豐富的幸福和豪華的末梢神經。

射手座。您搜尋慾望。未命名的關係。以及軀殼內外的偏執。按鍵距離。恐懼和高潮。圓周率的愛情。竊竊私語。我們假設。妝扮。移植感覺神經系統。填塞明天。填塞一場救贖遊戲。像權力。我們彼此喜歡的聒噪動詞。

天糧

三帖

①高粱

款款綠葉覆蓋蜿蜒山田
姿勢無言。神情吐露芬芳的枝形
為許多的出芽而動情而有皎潔的剛強
像從容胸中的朝露。粒粒嬌饒
粒粒在堪折滌身之中。凝結誕生
圓潤而不敷脂粉的梳理構築
那曠野龐大的沉默翻耕。栽育
日光沐浴。一根根柔軟脈輪的支撐
仰天承繼釀酒溫潤的錦織
在成熟搖晃的緋紅穀粒綻放收割
我彷彿聽見爆裂暗香和細碎笑聲
像駝夢人掀起發酵的漫流歲月
幾度鄉愁就在枝頭迴旋初啼

②蕃薯

一瓣瓣葉莖的相依和諧
盛宴咀嚼青藤的初生部落
在蔓生瘠土荒田自得而閑靜

像無名放生的重覆紡梭
在不需太多寵愛的犁土翻耕下
您依然悄悄茁壯於創世紀接引中
霽月雨天。盎然在新綠華年
並且裸露出土肥大菓實。赤身金黃
每根枝莖居住著我們活口香火
那一畝畝荒地的晴光燃點
彷彿一座座建築在群山裡的舞者
為島民蒼生掀開連綿生息
瀰漫根深蒂固香甜可口的垂涎

③ 小麥

紅土旱田播耘的麥香
多年草本。春耕冬收的浮生小穗
長大矗立挺直的具脊芒軸
顆顆穀粒迎風透明的洗淨歲月
花序疏密柔弱飄搖成大片的海
是記憶成熟中的金黃麥浪
是採食眼簾隨風滲出潺潺的喜悅
從平原到高海拔適性的新芽蔓衍
一滴一磨淬取噤聲的蓽路襤褸
那些滴下抵達的營養經絡
摻拌農民汗水的弓屈脈輪
夜天清冷。一碗碗麥子的柔軟芬芳
像犁過的臉有了四面八方的鐮刈斑痕

● 第十九條街口

在擁擠的夜
在肥腫的人群廣場
我目睹許多白天還俗的形而下
放手就位於風情萬種岸邊
像貓舔舐月色中的慾念
各自走下雀躍的伸展台
填補漲潮逼近的海埔新生地
練習翅膀輕翔拋出
練習血肉盛滿豐盈的語言
計算適當落點蟄伏方位
寄居如後宮裡擄獲的繽紛
搭建貼緊纏綿影子
棲息體熱裂開的情愛
我們眼瞳有深漥的雲霧
我們胸口飽滿草原
我們交換渾沌糾結的飢餓
迷離而聲息迴盪
在黑暗海拔放生潛游
在第十九條街口堆積過境人生

無常

養大的病。肥肥的
整天施打營養劑或止痛針
在病歷表記載形狀。個性。血緣
設想它是唯一君王。駕馭生命一切
我依醫生的指示。呵護並寵愛
聽任擺佈。折磨以及拆解
在生命成為病的密友的時候
我試圖越獄逃出命運不安的操縱
生活處境在尿酸及膽固醇節節高升的懸崖中
囚做如一具活化石。吃喝之外
烙印自首與懺悔的箴言
像創世紀末日的審判者
像剝解身體黑暗裡的文本虛構
我必當是執悟於花開花謝的天命
迢迢跋涉。從憐憫到告解救贖
卸下沉重的惘惘身殼
直到病代替活著。活著繼續下去
像梵音裊裊的啟示錄。生死排泄

偽哲學

二行詩

❶ 社交

他和他笑。她看著他
他用備忘錄搭訕許多人的眼睛

❷ 玩具

世界本身就是玩具
他忘了自己也是被時間玩膩的玩具

❸ 乳房

有二分之一的乳房在白天行走
其中有一顆迷戀遺傳學

❹ 獎狀

各式各樣的掌聲
換算成一堆提神咀嚼的文字

❺ 睪丸

蛋和蛋之間的關係方程式
您無法詮釋是理則學或是一樁歷史檔案

❻ 國家

國家長的很像隔壁的胖叔叔
每天餵我半顆糖菓

❼浴室

和猥褻有關的關鍵詞

窩藏許多您擅自繁衍的形而下

❽無聊

無聊之間的蕾絲邊

有人吐出一堆金剛經

❾肛門

只管出口行業

景氣差。運輸量從頭到尾減半

❿搭訕

他和月亮聊天一整晚

偽裝立法委員。送錯了防曬油

⓫戀愛

搖搖晃晃的珍珠奶茶

您吸吮其中一粒較滑潤的吻

⓬作夢

夢是一頭獸

在您失去失衡的潛意識裡伺機虛構

讀畫

途經您畫過的一幅村落小徑
野草林叢。風雨季節的長調低吟
直直走就可以碰到我們共同的童年
那些九歲和十一歲振翼的惶惶遠方
正訴說冷露憂悒的空白凝望
而您用召喚畫出太深的形聲履音
一枚枚叩響造訪的親情照亮再生
艷麗正藍的記憶對視著赤足涉過的無常
像童小我們不懂的斑牆殘痕圖像
塗塗抹抹的一扇窗叫做眺望
執筆點飾的塵土飛揚叫做歲月
設若那些被揭開的美麗有玲瓏的淚珠
您揮灑的是一張張時間載走的淒滄

那座小村莊凝固戰事的色澤要如何瞄準
一幢幢防空洞淡褪厚重的煙硝筆觸要如何加深
荒耕田地要如何調出汗水攪拌的晨曦
老廢門庭的凋落要如何研磨新綠芽苗
我一一走向畫裏遼闊的彩繪行腳
這裡是王家院子落漆生鏽的蠻荒
這裡是往事擱淺的一齣生命對話
這裡是防風林鑿成的石室海岸風景
這裡是高粱收割擺設的沉默閃爍
更遠的是您把高彩度烽火描繪成空曠的笑話
這一天。我來到您一筆一劃的原鄉寫實命題
偶而魂靈也會在您的畫面溫習濃郁的鄉愁
像旅人。要一些些溫柔的名字和呼喚
在每次回家的高高台階。墊腳顧盼
您每張滿溢尋根的夢魂作品
點燃心坎風生雲湧的唱詠和心靈能量的顯現

病愛

兩題

①周末。無政府私宅
一張七十九呎長的毛茸茸的床
左派的道德和繁茂性別
在十三樓頂的感官天幕下
我臉紅端出禁忌的紅底褲
為您高傲的美學。膜拜
以正確姿勢。燥熱的心血管
奔馳在暴力和溫柔之間
只為栽種這將被掏空的世界

②星期五右邊。癱的耽溺
蓬勃時間。在小晴朗的黃昏
我們構圖一具獸的泅泳
您給了夜。一座海洋的揮霍
像蚌殼吐出耀眼珍珠
在城市角落餵養一顆心
並且懂得繁華。舒服和其他
又像您給了的霧。愛的破曉
療傷的隱密行程即將開始

〔錯過〕

落筆傾瀉的是一場雨
字字魂魄。叫醒您滿山遍野的皎潔
親愛的人。淋漓肉身是一疋青衣
在隱約中看見您不老的光影
像記事本裡寫著的一屢煙塵
您的安靜。我的動盪
關於來不及等候的愛情
我願為您填詞寫歌
把最美的聲音藏封起來
在曠遠的他鄉。泅泳步履
反覆拍打著淚水的肅穆旋律
滴答滴答。聽我們錯過的相逢

鄉愁漫遊 四帖

①巷口直走有一幀懸掛多年的畫
沒有裱框。靜靜的木麻黃和殘垣破產
我盼著時間的修補或重建
隱遁怯生生的失落童年。撫摸和對話
回頭突然發現有不斷流動風景的身影
用許多動詞鄉音撩撥我的記憶
我試著依其唇音查訪心靈走失的途徑
順著巷子前方翻閱圖象記載的一切
只剩一句移動的歲月和泥濘的夢

②十二月的村落瀰漫詩的遺骸
一顆樹一個老人一隻狗一些傳說
所有時間都被擋在體制外面
像文學裡的中世紀風景
我朋友住在裏面。灌溉自己的夢
他用菸和幻想採集靈感
有時會把整座村莊畫下來
像普魯旺斯的諸多記載故事
這裡寧靜。獨立。沒有時差和異教徒

我喜歡這裡暈染的單純。甚至原始意象
很多時候化身為朋友畫中的一隻候鳥
潛入在您我天空。像小時後畫過的風箏

③

戰爭腐朽。剩下荒唐圖騰
帶血防空洞像幢幢的塚
幽暗痛楚。記載淚水蔓延的密碼
曾是肉身庇護的霉暗窟窿
而今默默囤積著大量灼傷鄉愁
向生命覆誦。迢遠的年代跋涉
那循著暴力傾向的扣板機彈殼
您十三歲的小腳斷成半截
從此留下煙硝偏北的歧路疤痕

④

我仍然記得您那件穿戴藏青色大衣
一直掛在歲月門庭簷下
塵灰累累露出剝落的嘆息
彷彿是您一生耕犁刺繡過的阡陌身世
我還記得您綴補每件兒女破襖的神情
像一針一線刺在自己微微露出的脊骨胸口
在冬寒夜晚如一尊端坐的佛手菩薩
以句讀呵護的心修補織回浸蝕過的肉身
我永遠記得您風雨回家的泥濘身影
在田園將蕪和戰事矜持的側彎弓背裡
您以凌亂腳趾索尋衣食破損的縫隙
為不堪生活留下一座虛線連成的靜默戳記

我用一些字想您
簡單而溢滿
濃稠而有些滲漏
比雨季還長的煙嵐
比史詩更壯闊的縈繞
像神話。融雪獨白細削
彷彿商隱。彷彿漫漫的離騷
您流亡的眼眸
越過撩撥千堆雪
只是幾個字的舔舐
風雨燒灼
在吹壞您背影裡
我用一些字想您
潦草而且傾斜

失語年代

向左轉或向右走是一樣的柔軟
讀海耶克是一種矯情和快感
像王家衛的電影很潮濕很浪漫
像小文青立志在明星咖啡屋試圖寫作
並且準備大量消費真假難辨的青春期
抄襲未經馴服的笑聲和主義等等
我們穿限量T恤。自己設計那款時序
是三島由紀夫加搖滾迪倫和巴洛克
拆解又組裝的冒名文藝復興

站在陽台。高喊自己的光芒
喝公園的酸梅湯。同情孽子。同情整個時代
我們沿著牯嶺街罵髒話。買禁書
複製陳映真以及黨外綠色序幕
引用大量旁註的李敖。魯迅。厚黑學
在最黑暗的詞量學習自己的人生
聽微醺民歌晃盪著堅持的音律
學學稻禾札根奮起的茁長節奏
共同拼貼一個空洞蒼白的年代
像唱國歌。並且反共抗俄。消滅共匪
如此巨大虛無主義伸入生活如儀的縫隙裡
日子意義像泡水浮腫
我們開始練習叔本華。沙特和佛洛伊德
走進更深國度。構築小市民的心聲
以踉蹌腳步參與蒼涼手勢
指向迢迢沉默的碑坊
去揣摩輝煌和戒嚴沖刷下的知識殘渣
一齣對嘴唱合的宮廷戲碼
這裡和那裡。真知和虛偽
您屏息在潮濕的雨季。菸和海尼根
如同地下樂團。吶喊著自己的吶喊
塞滿陷身四季多變的風景

小詩宅 四則

① 孔雀

彷彿有妾身的踉蹌隱喻
洛可可式的粉飾盛世
一支宮廷艷舞

② 斑馬

岔路的黑白條碼
是誰彈奏這高低節奏調子
像一闋小令佈局

③ 花豹

供奉駢文閱讀的豪氣
在飽滿酣睡草原
貴族華麗的矯飾

④ 駱駝

移動山峯的巨大行旅
在往地平線的角落啣了一枚月色
從此承載跋涉風雨序幕

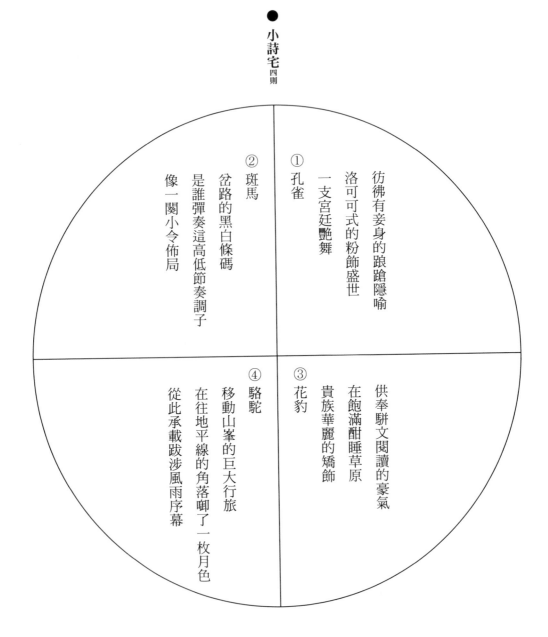

七〇年代記事

①戒嚴

很深的黑暗。蟑螂爬過
晝與夜。只有一條路可以回家
沿途都是咆哮。槍以及病
生命很簡單。吃和睡
三坪大的身世。轉角就是命運
獨自排泄。恐懼和不易消化的戒令

②禁書

所有騷動的詞句都回到夢裡
遠方真理躺下來
剩旁註。半餉的驚嘆號
以及被鐵絲網綁架的一行詩
自擁擠的夜亮出來
那些年。左派是形上願景

對酌

二題

① 一個一個酒令。擱淺月色
是誰路過笙旗碧血夢境
杯底有一飲而盡的魂魄
那浪人泥濘酒聲。泣淚錯過
剩一勺小小聲的喟嘆
無可名狀私語竊竊的狼藉身影
寫下一整夜的踉蹌步伐
仿若小令。仿若苦苦吟誦的華麗駢文
微醺而偏藍。有傷口
像剛剛醒回來的潮聲

② 您摘下一闋的月舞
三兩句驟雨。淚和祖國
您私釀唇舌優雅裡的盛世
興衰已過往。只醉今夜
人生迢迢須盡歡
那甕啄破的青瓷醇酒
回來的人。您如何闖入這過於喧嘩的孤獨
練習入喉空洞的篇章攀附
一炷鄉愁。以及無岸去向

〈過境〉

時序。七〇年代的遠方
柴油慢車嘟嘟向前馳去
沿途風景瀰漫近鄉情怯的小寫
沒有郵戳的車票像家書步伐
字詞淌著燥熱的記憶。身世和允諾
輕輕繞過炊煙鋪陳的書寫
十六歲。雨季粗魯闖入的一行詩
鄉愁濃濃阡陌的對仗節奏裡
我正在往回家的一簍段落
山城海域都是遺落的逗點
濁水溪竊竊私語流動失眠鄉音
嘉南平原轉身跳躍嬗遞燈光
彷彿搖籃。彷彿時光年輪過往
那些無數應答的旅次終究是沉默
更遠的是老母親牽掛的耀眼呢喃
忽明忽滅。彷若叮嚀墨痕裡的殘漬字句
握暖一闋又一闋的鴻雁消息
許是遊子豢養的柔軟夢土。啊
那些年。夜車總是歸鄉脈搏裡的安身依靠
節節車廂。站站月台。只為一襲朝南的眺望
在十三號碼頭轉動的手勢中
看見陽光燦爛的慶典。燕尾和笑聲
時序。七〇年代的遠方

知識風景

六帖

①知識漂流。剩下文字
您每句箴言都是異教徒

②文學是生活。鋒芒的平凡
您收割的字粒有冊頁古籍厚厚衣冠

③字和字的堆砌建築
您獨獨遺缺語言嘹亮風景

④龐大而溫馴的小寫
在您謙卑的夜晚孕育一則典故

⑤無聲絕句的骸骨意象。彷彿詩
您讀起來的喉音有一座敲響的碑

⑥知識力量簌簌崩坍
您聽見的都是字句華服的碎裂

一則午後消息

影子被胖胖挖土機載走
有人試圖盜賣銳利而獨裁的虛無主義

日影沿著牆桓移位歷史
我聽到焦急的時間瞄準死亡

水聲濺出我曝光脆弱的名字
彷彿聖經節錄裡的一行救贖

一個人的午後獨白

（散文詩）

疲困午後。
寂冷的心。讀下幾行清瘦字句。
聽到遠方有輕輕晃走的喘息。
旅人。找家。找生命漂泊伏流出口。
世事蒼狗。我們一直在拋擲的人生虛線找狀態。找連接。
找軌道。找累了。找自己。

推開窗洞。細雨瀝瀝。浮雲街景。更遠的有泥濘沾夢的思念。
總是多情漫煙。兩瞳淚光，濕了一身空落。然後再回頭拓墾還有的大片荒田。
安頓錯置無邊無際的疆域。

弘一與蘇曼殊之間是一種生命對照境界。
放與不放之間。一切的飄渺都可能劃為縷縷青灰。
無牽無掛。一段人生短短的可以是一首詩。抑揚對仗讀看
可燃火苗。慢慢才有了遼闊。有了捨得。

生命有時是一種潛伏。無法預計日子會投下的重量。
傷或痛。都應懂得。只是紅塵太黏。這身都是衣食惹垢。
穿拂而過的人市喧囂。盤旋而去。是春夢。是雨聲。
近了。遠了。心的天籟是一抹欲盡的繁華。
這樣的午後。三尺天涯方桌。
咖啡。禿筆。紙。和一屋子的灰澀暗亮。或著。
我就歡喜如此的沉默。一葉舟木。沒有方向。緩慢逐老的目光。
望去。我們都是蒼生裡的寂寞。

早春

我在您的動盪裡
像呼吸。心臟太深
想念只是一個姿勢
小小鑽營。像鏽的鐵
有一個您在脆弱
像開罐器。燃燒
並且鼓譟。一些些主義
在您胭脂和洩漏之間
一尾腎上腺掠空而來

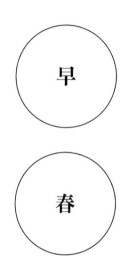

致前世情人　告懺書

〈一〉宙天曠茫運行的某一光點
非精卵虛構所謂生命呱呱墮地恆常性
我俯首來世二十一層諸多輪迴蜉蝣
啟示的神和軌道運行的黑洞極亮裡
浩浩蕩蕩。篤信的愛較上帝清明而深情
等孵化的枝枒伸入意志堅定的初潮裡
我重新確定這形狀已開始運轉被召見的血肉
這只是信號被解讀的因緣說詞
或許也是夢遺後的一枚清醒生命造化

〈二〉第九日。竄升的雲霧交融神迷而目眩
您躲在混沌水火磁場洗濯胚體
在穹空遼闊天地中逐成一具柔軟形骸
並且剝落加諸非質量繁節幽靈還原
蔻艷丹紅。掠過時間紅塵濛蔽
初生喜悅已成為肌膚戀人那樣的隱喻
毛皮。體型。退還給無數迎接的虛無神旨

那些荒原中的誘惑像蛇成為一種傳說
您已抵達露天斷脈的紅塵。與子偕老

〈三〉而我沒有儲蓄足夠的陽光和肩膀
在風雨淪陷的無名浩瀚江河
夢和星星重疊在受凍的冰原
我意識到將有融雪的分泌濕地
以秩序以時令的腎上腺餵養我咀嚼的興奮
我們不斷提問。發情是物種或開天闢地理論
您已來到我精神邊緣的第六界
甚至像無政府主義入籍在我小小生命場址
我們已然澎漲成月暈下羞澀的花蜜彩蝶

〈四〉受孕或流傳中的世紀陰陽備忘錄
您攤開黑幕叢林裡的一滴光
為閱讀和見證百象齊映的肉身綻放
我以人世果殼包藏您脆弱的核心
戳下胎記刺青。在愛與傷的斷層焊接
彷彿這是一場幽魂附體的註記和昇華
我們共同跌入一齣戲本裡的承擔情節
快樂和磨損都是儀式。像奶油話題
我已準備好的人生用來淋浴我們的匹配

〈五〉日出蒸氣。您我豢養愛的非生殖祭典
除卻人的部首。我們編寫許多喉結肺腑韻聲
向強壯而原始輕輕染上一場又一場的愛戀
而後一切的沉默都是寧靜滋養的沉澱情溢
如櫻桃如蜂乳過熟的無聲啁啾
如花蔓如草霧的尾翼迴響銘記
我們反哺且吞嚥人間包裹裡的青春信仰
甚至以降臨的身體化成一座供奉復活的聖殿
終日膜拜。為一炷誓詞訴諸滿溢的永恆

〈六〉我們將洄游於普世嬌媚的一朵荷蓮
越過稀薄層層為難章法
您是我的真理。無關雷鳴風雨和違心論
為完整一生您成為我最後的一根肋骨
所有還原和演化都是照明神學性的存在
十二月了。我口沫凍結著您綿綿纏纏的序言
今生前世浮腫著我們漂流的碩大過往
像創世紀裡裊裊升起光燦溫度
我們將會重新被詮釋。無名的狂野

● 樓與樓之間的部首

幢幢高樓在諸神之外出竅
每齣夢正孵著白日無法成形的巨大唯物論

深邃瞳孔不慎跌入鼾聲夜色
一個夜行人在空巷子搭起自己的祖國

在鑰匙孔轉換齒牙聲聽見草率虛構的害羞脈搏
想像十七層窗口有絕美優雅的胖胖皮影戲發生

大膽攀上口腹違建的食色性也諸多人的真理中
目睹島嶼背脊褪下的嬉鬧狂歡後的焦慮虛無

高懸在頭頂盤旋的夜市天國擲下的傳說夢遺
耗盡青春一公頃的無形無影體力仍健壯的人氣造物主

街巷醒來的紅男綠女好像是一行行沉默失神的部首
翻閱九點上班的辦公室空曠如滑鼠雲端裡的一座天堂

這個城市剩下美麗封面在招攬各種投宿的快感
哲學家和詩人剛從鐵皮屋走向衣食和文字的三溫暖

我在第七層窄樓揮筆描繪亂世中共構的同心圓
越過時間越過傲慢越過聚聲喧嘩的鷹爪找出口

冷。傾斜在屋內
十二月。有腐爛聲音
像時間埋葬時間的存在
我忘了有盞未熄的燈
是昨夜窗外潑灑的月光
躺在灰塵狼藉桌上。喘息
靜靜聽一個人的孤獨
空酒瓶以及很黑的冷

下

雪

狀態

壞掉的陽光停在陽台
抬頭看見是一輪月暈
沿著我的年齡來到床前
習慣用咳嗽三兩句拼音
把人生掏出來說一說
親愛的。一萬多公頃的時間
剩鏡前一張花臉
那是一種預卜。展示和警告
像夏宇的詩。像侯孝賢的悲情城市
還好有現在。可以抽菸。罵幹
直到假牙有些意外。故事有些潮濕
我沿途哼的那首歌
塞滿七〇年代的夜
黑和很深的文藝腔
那麼泥濘和原始。直達夢的遼闊

▲過往

握暖三兩句身影
猜一首詩的吟舞
怯怯有繁複青衣獨白
去問前方李杜
酒如何以月光為佐食
丹青如何用淚水點墨
一闋時序遠方的允諾
幽幽長夜景緻
剩半截輕風豢養
笑燦燦一聲水痕過往

田園側記

二則

①收割

一百種收割手勢。伸向土地
遍地發芽的微笑和長大
像受孕。鐮刀和犁鋤的小雪
三月。穀雨與萬物閃爍
我們聽見悠悠大地醒轉的序跋
栽種繁茂。土壤有欣欣向榮的盛宴
來自汗水。漆黑以及疲累魂身
那些春耕秋收豐饒著灼灼搗聲
一瓢一匙都是粗食安靜裡的新綠

②荒田

十一月。時間倖存後的肅靜掠取
田園盤桓著石化般蒼蒼茫茫
扛鋤老農無助走下自己的歲月
越過戰事。越過社會跛足的變遷
歷史搖盪的傷痕或人心噤聲的頷首
放任土地吮噬無際永恆的傷口
一畝畝痞痘祖藉家業。草的裸裎
播種著的腳趾譜成搖晃的一枚枚戳印
紀錄鄉愁煙灰蘊繞的口腹風景

小詩譜

九則

①侯鳥為天空寫下一行詩
留給飛行弧線的永恆

②沏茶沸聲裡有海拔高度
我聽見禪

③月光小雪
徒然剛強的一帖瘦金體

④刀砧上的劈開
黑白和是非之間

⑤你一臉風景
從結構到解構序列的咬嚙迴響

⑥青石上一記裂痕
有說辭空谷的呢喃

⑦唇是原野
一道傾斜的奔馳惴惴

⑧靈魂溫度
用來測試生命扉頁的擎起

⑨睡姿近乎一齣人體工學
像深夜沉眠的鼠蹊部

我是剩下的人

我是剩下的人
沒有世界可以回去
三坪屋內顧自顛沛流離
愛情過敏和信仰失調
自己是自己的獨立紀念日
先天有左傾妄想症
喜歡玩公義和推翻政權
有時候像快遞軍火商
偶會讀三島由紀夫和沙特
忙自閉以及自負
在自己藍圖重複自己的尺寸
每天遭遇自殺兩次
國家是唯一兇手
我是剩下的人
在社會容器裡腐敗和反芻
有時會長出一朵故事
供給統治者收藏
我孤僻但不貪汙
循規守矩愛上偉大領導人
頭顱是我的違章建築
在小小島嶼學習長大
在僵局迢迢的遠方
我是剩下的人

守護

為浯江溪　請命

剩下不多的母音在舌尖吞吐
我該說出喉結裡最深的敘述
把風沙滄桑磨過的語言重新摺疊
並且試圖以熟悉的跫音翻譯遼闊親情
以及測量一頁頁溼地棲息掌故
挺進一部生態繁衍的史冊
聽浯江溪日夜潮湧的夢想築巢

像祖靈拼音語彙的抵達
寫下地方人文磅礴的振翅氣節
為一座島立碑。拓墾綻開微笑的淨土
讓呼喚的生命不斷延續
貝類。鱟以及航入寓言的招潮蟹
從生根土地到命名母親河的水紋
潺潺流聲注入島民幽深記憶
我們沿著祖籍熠熠照亮榮耀
在無數石碑探討愛的關懷
為代代子孫承繼龐大身世
我們走過一場場逆光掠奪競逐
在粗糙政策出沒的黑夜
在ＢＯＴ茂密雨林的佔有和竊取
聽切割島嶼疼痛的逃亡身體
以建設之名。填平沉沉嗚泣良知
如候鳥低飛叫醒沙啞的文明序言
這裡每扇出口說著生態索引的輝煌
光影。日暮。水獺以及父老娓娓道來的鄉愁
百年川流。這是島嶼文明唯一的典故
血淚佐證踏過的黎明岸口
我們守護。我們擎起護佑香火前進
為這片鄉土敲開傳遞的燃亮心聲

未知與預知

我脫光光給世界
我脫光光剩踉蹌回應的暗流
我脫光光幽微如塵埃沉睡裡的一粒質地
從肉身到靈魂的檢視品管
不屬個人私密的低價化和結構共有
任由3D列印。移動或裝置。拆解
在監控迂迴無所不在的單位元
以及電磁波感應音節漂浮裡
我將被索尋。儲存。甚至連接和控管
普及化或自我風格的尚未命名
巨大速度將是人生權宜趨勢走向
如此小小個我存在像篇章吞吐的逗點
像浪海中一沫靜靜細語濤聲
在宇宙雲端語言版本裡行進
在字義新生中演釋和招喚
一切涉入意象或市場主流的拼貼和複製
甚至趨近無我。小小轉身的我
如佛玄空冥的超越
嶄新另一轉世的神秘捷徑
告知時光輪迴。生命仍是自我唯一核心

● 問以及被問

人生壯闊。我跌入一座虛詞
語言社會化。沒有押韻
自閉和自負像光合作用
像練習我練習的十七歲
濃稠雨季。愛和一尾革命
對鏡。採集昨日菌類
哭和笑。永遠的二元論
有時災難很專業。像世事
我來到長大的世界
裝滿情緒和過量的應酬
對和錯。盛開炫目的繁複糖衣
您是您。我是我
十六歲之後。剩下渾沌和功利

詩胴體

十二題

1. 想像詩是一款愛人
任由洄瀾和親密關係

2. 詩誕生在遭遇中
從生活抵抗裡發出聲音

3. 爬上詩的蜿蜒大滌
寧靜孵出如冰的語言

4. 安身立命於光暈小小位置
詩負載著靈魂重量

5.字句貞操的墨漬
　炯炯詩火的一抹鮮血

6.從生活解構呼吸裡
　嚐到詩的起伏心跳

7.字和字間將有水的鏗鏘
　詩受孕於撞擊的回聲

8.詩的轟鳴在於對真理的專注
　像黑暗中撐起的火光

9.詩的舌頭舔到暴風雨
　烙印著文字的嘶鳴

10.信服詩的內在生命
　沿著冥想深淵找到心靈的傾聽

11.明鏡倒影裡的一行詩
　看見人世風景

12.詩是革命家
　在荒野中開啟和招示

孤獨者的風景

鬍渣已然成一撮沉默的風景
小刀鋒芒裡的處世過境
欲說還休的對錯計量
攬鏡水月都已說過的濃郁寬容
如此攤開這途徑燭火荒原
那些不需修剪的人生皺褶脈絡
虛虛實實莫非是一椿椿胭脂輕狂
像手指彈撥的叢叢銀色草葉
或多或少都是叛逃難數的咬嚙

葬禮

一個俯身裸露的虛弱祈禱
許多壞天氣偽裝良善的安撫手勢

這具空位留給厭世主義者
他們核對誕生和死亡之間的關鍵詞

宇宙正從新為造物者命名
我聽見異數聲音在黑夜竄起

沉默名字凍結成末世冰河旋律
碎裂鐘響撞毀時間的布幕締造

日子解體後的紛紛遠方
一隻紙鶴越過重建的世界飛躍而去

我們用眼淚澆溉靈魂的足跡
繼承並且包容歷史投下的罪恕

詩苗語錄 二行詩

❶ 一滴小寫。貫耳大滌
書寫來自生命的寂靜和獨處

❷ 穿越曠遠佛法。淚到天明
朗朗笑懷滿溢水湄繽紛

❸ 如煙經年。只是路過
身心哀樂有山谷潺湲之聲

❹ 字的燃點。愛與慈悲萌生
馳騁八荒有了廣袤海洋

❺ 我老過您老過的歲月
肉身只是刀砧尺寸的招供

❻ 水月臨鏡
最美的是一則梳理過的時間謊言

❼ 唇是通往身體小徑
擺晃肩膀是振翼的風箏

❽ 酒的動脈。像波浪
貫穿獨自陡長的表現主義

❾ 金屬性季節。凝固
冬日之戀接近水晶雕像

❿ 三五字滔滔負荷
真理在淚水中說話

⓫我與我之間的深淵
存在和意義的較量

⓬一盞沉默。落葉朗讀
竹林賢士行吟合掌如今朝

⓭千歲一日。出入太虛
始祖萬物原是白骨更衣為荒原

⓮大愛捨得
今生丈量屈尺僅方寸嶙峋

⓯青春羞澀鏗鏘
因為身體接近灼傷的鏡子

⓰愛挖掘生命的虛像和實境
像遊戲沉淪或再生

⓱鍾鳴盛開。紅塵端起色相
我心一行詩悅喜抵達

⓲水影直觀。冥想孤寂
字行清明都是醒著的菩薩

⓳黯天雨幕。裸月蛀空星夜
我詩缺角有一句的塵埃

⓴風雨打磨成針
刺繡一方人世無題穿戴

文物

三篇

〈一〉鉛筆

馱負粗胚繽紛的藍圖
以最初樣貌還原擴映或回縮
分寸之間的精神揭示和永繼開啟
單色調打磨的演算以及鋪陳
用筆心翻轉回歸現形世界
把真實的說服逐一曝光

〈二〉畫紙

源自樹的皈依投胎
前世種種揉成歲月華年
只為書畫量身填寫幽傲大千
光禿禿的枝葉搗出脈輪糊狀肌理
長出一張張端裝滿載自然生命的虔誠
甘願做為塗抹暗香壯闊的彩虹

〈三〉墨汁

難以命名的五色妾身
終其一生都是自言自語的取悅和傳遞
黑是命運的沉默和繽紛
指間轟鳴的點線潑灑瞬變裸露
像極了揮毫意念的劍戟表述
歸途奏鳴的筆墨有朗朗聲色迴響

● 七點三十一分

清晨七點三十一分的早餐
恰恰好的糖份。年齡邊緣
咖啡和義式蛋包吐司
熱量適合燒沸眼睛裡的亂世
放晴的愛。晃樣深呼吸
幻想饑渴。幻想三兩隻小鹿下肚
出口入口。對準融化愛情索求
他們用手和唇舌攪拌腎上腺分泌的細節
完美配方。像兩具烤熱肉軀
交易複雜食吃伎倆
並且練習咀嚼彼此茂盛感官
一起吞吐。吻和脫光光姿勢
香膳供品。充滿動詞體質曠野
像桌面長滿如菌的反覆春天
繁花。笑以及肉身居所的慾望
不止一次。剝開麵包像蕾絲花邊圖形
不止一次。湯湯水水綻放美麗口沫
從遼闊的今天走來。探掘。親撫
呼叫。小小聲的反芻。我愛您
形而下堆積。殘渣。妖魅
不止一次。草寫般的液態泅泳節奏
在靠窗的台北角落漫延。動盪
清晨七點三十一分的早餐

唇舌●風景 九記

1.唇火燃燒違建的心
灼傷三具肉身

2.彈奏唇音。迴盪
嫣然是春水波光的斟酌

3.海濤唇舌。盈耳浩瀚
丈量七呎嘶鳴的高度

4.揭示愛的符碼
唇的靠岸。貼近飲食男女

5.橫陳浪唇。呼吸引擎
溺成一線的新月

6.在唇口歸途擱淺的愛
試圖長出青苔

7.穿過胴體。抵達唇岸
聽狂風驟雨嘶鳴呼嘯

8.桀傲不拘的愛情
唇語是唯一的誓言琢磨

9.一絲不掛的啁啾風景
滿月唇影。給打撈饑餓的人

故鄉／行旅

冷夜舊日擠出一盞弧形燈火
焊接離家與返家的一道傷口

家世偏旁下著雪
門庭跛腳沒有應聲取暖的母語

年少如弓的老去彎成漆暗一邊
空洞洞窗口都是眼瞳無題的細節承繼

鄉音內部我讀到我們的紀念日
在叔公的問候聲誕生一則古老文明

童小乳名剩九劃的答問風景
陌生耕稼收藏為歷史食糧的裸露

空曠三合院滾動青苔遼闊的夢
缺角燕尾展開放逐索居

戰爭高舉著生銹轟鳴的標語
為肉身疤痕鑿刻一頁近代史

刀鋒舊恨和觀光重建的新知
滿街陸客閃爍著合掌的人民幣

抒情天空有穿行低飛的翅膀
韻律濤聲聽水紋攪起詩三百首

故鄉風範書寫依然芳香的油墨味
記載田野歌謠歡顏鋪展季節

逝者

彷彿有雪。十三月的遠眺
臨床。讀一帖夕日興亡
像您我逃亡的傷口
在失去名字失去方向間挖掘
在易碎偏甜的信仰俯首屈服
彷彿罪。彷彿被擄走的暴虐和迂迴
讓我逐漸陷入磨損。嘶鳴
在立體透明夜晚。反芻您叨念音節
那些疼痛的愛。以及涉遇的沼澤
瘡疤成血的敘述。表白
像鬼魂的黑。夢囈和指涉
像七樓我違建的心。一個人的風雨
一個人的哲學。一個人的鄉愁
一個人輕輕的滑下年齡的戒嚴
夢已褪色。五菜一湯已恍然成風乾的收拾
時間彎曲。跨過甜膩危崖的的搖晃
我已置身在換季的剪裁。縫合
幾番暗香眨眼。荊棘催迫
像駝著無依的章節。灌溉隱喻
這苦苦敲雪鏗鏘的無常
這幽幽摸黑蜷曲的顛躓歲月
一切是警戒。逃亡和告解

午安●自己

午後是一卷青灰色的記事簿
陽光躲在撫平的日子後方
豢養一帖柔軟酥甜夢境
記載安身短暫的傾聽。共鳴以及演繹
一個哭一個笑的迷人迂迴往返
像人生鏤空寫下走過的泥濘和輝煌
世界忽然輕盈如漫舞青雲
沿途都是青春撒下的醃製風景
曾經是時間縫隙裡的芳香細軟
此刻正式告別岔路沼澤的巨大凝視
有歌輕唱。吹奏喉底流動風月
有畫遺興。揮灑人間幽微清明
有詩朗讀。美麗魂靈的微笑私語
以餘生伸展寬闊裡的語意光影
順著時序虛線邁步另一校對的肉身
像午後折射一頁往返的隱喻日照
記憶童年而後踽踽晚景的獨白
清點生命一行行輕風滑過的江湖
轉身承諾。甘於偏旁的唇齒造句
吟誦與眉批。回應續繼縱容綻放的儀式

悲遣懷

藍藍海域吹奏裸聲泡沫
月色逆光挑起一盞盞燈火繾綣
在礁石濤岸中撥弄琴弦
親愛的人以煙遠而隱匿而凝結
我已聽懂今夜命題儀式的雋永
任由紅塵向晚淡淡矯飾而去
我只給您一首寧靜的詩或一壺酒
抵達我們共同漂泊的身世年代
朗讀或啜飲此生過高的眺望
像密謀一樁年少招手的烈焰
直達肉身滅絕後的一盆雪魂
用輪迴轉世的誠摯依偎對待
指向愛與被愛可能發生過的永恆

旁註

二行詩

①戰爭養殖的軌條砦
採收成海上一座座紀念碑

②釀酒人把自己倒影攪拌發酵
進行一場語詞茂密的社會學對話

③多草本的夜
聽簷下有巨大的詩受粉

④番薯湯裡允諾一處童年濕地
租賃給懂得回憶的人

⑤泡過歷史的老街
光影中輪迴著大量留白詞句

⑥一句老俚語的問候
蹣跚鄉愁就年輕起來

⑦每顆砲彈停駐一個巨大句點
在島上冊頁裡獨白

⑧燕尾是一帖歸鄉託付的蝶衣小箋
可以仰望可以包容遼敻

島嶼

⑨
提及殺戮
整座島嶼矮了一截

⑩
羅列在景點肥腴的閩南建築
一個觀光客走失在年輪篇章段落裡

⑪
長大的家鄉
有許多習性偏食和糖分過高的姿勢

⑫
木麻黃兼差成海岸防風林
看管徒然剛強的腐朽

⑬
您鄉音尾聲
拼出三十九塊血緣骨肉

⑭
牆垣沉默裡的反共標語
潮濕了整個時代胸膛

⑮
炊煙適合旁註詩中最濃密的一朵雲
像遊子歲月蒼涼的一記手勢

⑯
標語和口號是詞彙偏旁的液體
字形臃腫且隱喻菌類

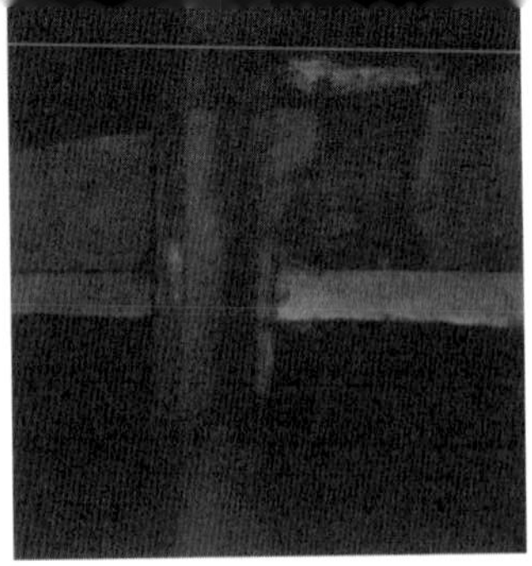

感應

聽月光投遞千年音訊履聲
彷彿穿越巨大的死亡
心是異鄉。您正朝向暮色盤桓的邊界走去
人世彈指。一座日漸衰廢的肉身
無能掩映的是時間鑿痕裡的伏筆
如您疏落騰空的一冊身影
如青春歷史梟鳴踏去的水痕
我知道世界正在鏽駁和不斷的掠走
我知道人生故事有起伏跋涉的回響
啊。旅人方向。您是光年蒼茫中的一記投射
像九月風翼中一枚不捨的落葉
在最深的孤獨。小小的掩埋
那些覆誦我們共同漂泊宿命的脈絡
惶惶中。一張疲憊滄桑的臉
像流星追問大荒虛無的細節應答

極目

巨大的冷。無神論
多夢泥濘的夜晚
想您身旁多處不合時宜的遭遇
幽暗字核。一個小寫的拼音
您在世界的滂沱裡
人生下探9度半的濕地
適合種植命運和夢境
像雪返回光年的暗喻
一疋肉身苦苦漂茫。去處無方
您以詩火巡梭黑夜雨季
學著寂寞。像遷移磨損的候鳥
在人世風景聽履聲回首的提問
說是修行。自在與放逐
巨大的冷。無神論
那邊有收割的步伐。雨和速度
您必須學會空谷結冰
開闢生滅喜捨的疆域
參與生命紛湧的坦蕩和平庸
繼續飛越。繼續迎面招搖的無辜

● 空掉的記憶 九則

① 鄉音卡在壞掉的牙縫裡
常被誤認是外地來的人

② 說不清楚自己的身世
只好畫一句句朝南的炊煙

③ 擁擠的氣喘
來自鄉愁角逐窄小的身體甬道

④ 沿著濃縮的童年走下去
聞到豬油拌飯的腹部回應

⑤ 乾杯是我們閱讀的方式
第一頁就看見您的簽名

⑥ 燕子在三合院築巢
才知道今年豐收額度到肚腹之間

⑦ 想念母親的時候
就煮一碗甜膩膩的蕃薯湯提神

⑧ 充滿時間的父老問候聲
反芻潮汐般的迴響

⑨ 燕尾攜手的遠方
眺望成為一帖想念的祕徑

性的關鍵詞 九則

❶ 高潮是嬉皮的
換算出生率是社會學的

❷ 整治過的陰毛濕地
每根蓬鬆的野草絕對是極右派

❸ 撫摸是動詞
身體只是一幢多元化的關鍵詞

❹ 性交姿勢必須是非美學的
傳宗接代必須是違章建築的

❺ 用手語養育長大的手淫
只能自言自語說服自己

❻ 所有的革命和權威和勃起有關係
它們喜歡用佔領評估這世界

❼ 精蟲困惑的在內褲轟趴
十三歲的青春期開始就喜歡搖滾

❽ 鼠蹊部上游
繁衍很多推拿師的愛情

❾ 兩性的海拔高度
建立在渴望和形而下的侵略

一天的功課

陽光發酵的潑灑在長廊教室
掀開今天嶄新第一頁秘密
在靠近上課鐘響的七公尺內
您銜來一片私心搖擺海洋
建築在自己冥想的潛伏水底
用貼近課堂的翅膀手勢
翻閱試卷外嗡嗡作響的新月橫陳
以允諾的青春測驗自己的成績
以細膩幻想和一小撮的愛情下注
企圖解釋龐大人生無聊湧動的暗香
並且一一作答。自己主觀意識裡的習題
盲動掩飾合法的形而下
直到上課鐘鈴的翩然迴響
您試作跨越命題裡的填空和停損
在字字寬闊的繁衍找出口
忘記夢想築造的金殿有血氣方剛的攪拌
正如課本第四十九頁裡的生物答問
像許多偉大的愛沉積著來自一公分的腎上腺
耗時曠日。您雕鑿的肉身將回到原點
包括物種原理和教室陽光的潛藏或出沒

日常 四則

①
我喜歡鑽石的刺眼
可以光耀門第可以居高不下
被讚美和被許多的眼睛羨慕
像資本主義勃起的掌聲

②
年過六十要認真的活
很多事都會在當下發生
像不小心被挖掉一片靈魂
揉成破碎的山河歲月

③
我夢見腐爛
一堆不務正業的政治
以及想讓自己成為美貌蠱惑的人
他們只懂排泄和舒服

④
日子過得凹凸不平
許多的學院和挖土機
試圖轟炸以及偷窺
我可能會成為明天的偉大藝術家

記事

彎下腰。就看到身世
一整排的時間江湖
得意或失蹄。惘惘的楚河漢界
晚霞。革命。一疊老老的舊冊
纏綿著一生託付蝶衣的淚和笑
孤獨之後。都是舒坦仰望的收藏
您終究懂得。這是慈悲
包容遼敻。遺棄以及無為
這些都是為您準備好的嘹亮遠行

私詩隨筆

二十四帖

①愛的偏旁多雨
偶有陽光
是您闡釋給了遼闊天空

②蟬聲折疊成童年的一枚記事
回到高音原點
我讀到一行滑出陡峭的長短詩

③我們有自己的太陽和革命規矩
扔下粗糙的情緒
憤怒就成為紀念碑

④時間的繼承權是時間
空無一物的一切
歷史為我裝上拍賣畫框

⑤孤寂晚課的吟舞
三四枚輕風入夢
我聽到一個人的龐大世界

⑥我們不斷伸長頸子
想仰望一座山
想越過山後那座墓誌銘

⑦愛比死還殘酷
像絕症佔領
滲透火的虛無主義

⑧一滴雪的鐘聲
僧者在十里風暴遠方
習慣留白給人生知識

⑨父母播種生命
時間播種死亡
生命與死亡之間長鳴著古老慾望

⑩您以飽滿形而下復活
像一尾腎上腺
採收花園喧嘩裡的顏色

⑪您過高的人生海拔
堆積光影租賃的伏筆肉軀
像一字字滂沱泥濘的命題

⑫選一個合宜的微笑姿勢
對鏡子出航
去找美麗湛藍的天空

⑬三兩瓣落葉景緻
一聲聲點墨揮毫
我聽得宋詞苦苦嚅嚅的答問

⑭您承諾茂密的味蕾
種植唇上偏食的招展
讓瞋愛的人溺水下錨

⑮日子埋藏封閉一生
像糖衣虛構的辭彙
您終究以死亡做為卑微校對

⑯戀人肉身裡的多情段落
應許我們修剪節奏章法
像您鍵盤敲落的一幢雨季

⑰微醺酒量的刻痕
您猜故鄉如霧的形狀
恰似空酒瓶裡的一闕小令

⑱聽衣扣彎身滑落聲音
途經一簍歲月擾擾
是誰啣走洩露的擁擠

⑲我缺席我的一次邀約
留下高舉夢的空位
像小丑在鏡中看見一半的自己

⑳風的翅膀載滿故事
在樹梢築巢
在穿行的童年收藏童年

㉑紅塵好看的風景
是您轉身埋伏的一眸
笑燦燦有安穩的洄瀾

㉒聽見死亡的叫囂
辭意鏗鏘的美麗聲音
來自宇宙輪迴的自然律

㉓病況處方
旅行是療癒的藥劑
寫作是回歸心靈出蛹的病歷表

㉔有鄉愁才有過往記憶
茂密句點有從容翻越的段落
我們在各自長大的後面看見一幢幢人生

您老的樣子

您老的樣子

時間揉皺了滄海

一聲聲身世醒來

蹣跚傾斜像一頁典故

您讀雪泥和鴻爪

那江湖綻放的迢迢回首

一字字的病和痛

一句句的說謊和聆聽

像這世界過高無處的攀扶

啊。您老的樣子

轉身顛簸的下錨

鏡海臨摹。一箋植物學的容顏

歲月年輪看到潦草的呼嘯

像療癒。安靜於埋伏的孤獨

像航行。搖晃於一枚落日的空無

繼續訴說巨大故事的章節

一個人。您老的樣子

觀海

十二帖

1.
海伸出舌尖的尺
探勘著生死深度

2.
每朵浪花都在祈求對話的腹語術
喃喃自語於電光石火中成形

3.
海的胴體透徹如水晶
每顆細浪滿溢濕的身世

4.
海的呼嘯如芳心湧泉
還諸天地岸上最初的吻

5.
波濤腰際裡的蕾絲邊
肌膚流淌盎然的水紋刺身

6.
一座海的腳趾風景
有千帆過境的盈耳浩瀚

7.
浪花喋喋裸裎的詠嘆調
在海的後宮齊鳴吟唱

8.
漲潮退潮推移千言萬語的自然律
無我無心把年華縫隙開啟

9.
千古濤聲的海洋篇章
卑微的流入波光水影冊頁裡

10.
彈風撥浪
漫衍一箋箋的時間歌舞

11.
浪海輕羅衣衫的回眸轉身
我聽得水底墜月濛濛

12.
違章建築的浪潮傾塌而來
嫣然如蝶翼飛過墳塚

● 台北部落

小小巷子。塞滿腫漲論述
信義路左邊。閃動著許多流質十七歲
時而呼嘯時而如暴雨降臨
他們忙著身世盜版。吸麻。刺青以及下墜
揮霍青春下注的大量動詞
每具個體都是複數迴盪的延伸
像後現代。海尼根和半截左派
自我定義。戒律外的物種科別
在不止息的黑夜撫慰流放馴服感官
他們覆蓋太陽。並且宣誓波希米亞精神
二〇一二年。政府不在。剩下肥嘟嘟的主義
他們挺胸挺進自己的建國大綱
用身軀塗改律法。餵養愛情
沿街吶喊。塗鴉。走向異化而對立
穿越啄食版圖。闖入失眠者的明天
他們以原型壓抑為自我滿足尋找不斷出口
變裝。憤怒。單眼皮以及過量的烏托邦
他們和他們的部落。佔據警察忽略的領土
台北。北北東以南的畸零邊境
擄獵。虛構。娛樂快感的軸心黑洞
他們出售他們僅有的衛生紙年齡
像獸。像贗品。像賣場裡不斷被消費的拆解
他們練習革命。嗑藥。刪去過多體制
旁白自己的宗教和崇高權杖
二〇一二年。政府不在。剩下墊腳尖的十七歲
在眾多黑眼圈的私領域。游走或征服
夢與夢之間。他們醉醺醺的年輕起來

戀人風景

我在您的籠裡
一隻小小淪陷的鳥
練習壯大。仰望
在您蒼空我只是一滴星光
自顧療傷。還原
期許甘為您黑暗中的男僕
像一幀投注的美麗風景
愛。草原以及您的魂魄
請允諾我們一趟共生的旅次
在無際滄海鼓翼的青衣盟約裡
願復活成為您依靠的朗朗音聲
聽聽這世界唯一的美好

● 一場慾望的進行

四方形周末。夢與夢的遷徙
我們傾斜於語境鬆弛的邊緣
說出唇角陡峭的微笑拼音
您是ㄅ。我是美國字母的YAB
像缺了一個可以轉身的關鍵詞
哦。好久不見。一切錯過癒合途徑的撫育
我們隔了一行久遠的聶魯達
略過彼此磨損的才華
青春和江湖像滑鼠可以連接的藤蔓
潦草一個人。菸蒂三兩聲經過
荒蕪若是一首歌。像薛岳破碎
如果還有明天。您會愛我嗎
這是傷口複雜的議題
世界充滿甜蜜的唯心論
彎曲句子有太多黏稠飛揚
如同海尼根燃點一樁我們的故事
兌換時間。我們虛級的四十七歲
輕輕裂開就看見共同飼養的孤獨
像厚厚脂肪有悼念的人生
內部倒塌。龐大的沉默
一如過期的巴爾札克以及榮耀
以及一些些長滿青苔的低矮愛情
在四方形周末。我們即興的一場慾望進行

母親紀念日

想像肉身。母親的聖體
不平凡的醒轉和生聚教養

舔舐夢的嘯鳴
背負疲憊而完成的生靈海拔

裂開的哭聲。誕生
您以血脈螺旋支撐長大的蔚藍

時間手掌磨成的繭
無言。這是生命喜悅的浮雕

燒裂黑暗。紀念黎明
白天白髮白白一生的荒原

您是滄海歲月的一滴水
貫穿叢山。淚與笑的煙花

創世紀語彙。陽光和愛
您以皺摺的臉鋒芒著昨日

六號房間

很老的夢。展轉潛伏
七坪搭建的頁碼國境
我和我。馴服無言如貓
一個人醒來。世界在水平線上
像時間引渡的脆弱和佚失
方寸之內以及之外的未完
如天涯成形的漂浮無常
如羊水剝落棲息的砌築
如輪廓草圖的推理延伸
有不斷的抵達和陳設的消亡
譬如違建的心。譬如狹窄的人世風景
我只是一個拆解的我
繁衍生息。吃食和主義和姿勢
試圖划過展示鏡面的救贖
看到反射演繹的諸多自己
一如前世。成為左派的位階
反抗如鷹爪的竊取。撕裂

讓受苦身子揭開動盪卑微
像蟲。指涉我原罪。告解
在刀與傷口撕裂磨合。堆積
我與我之間。穿越如字母的全盲發聲
討論生死。討論神旨擺佈的隱喻
這潦草臥室。風格像殖民地
不安糾結龐大的理論和辯證
朝向我崩潰的肢體噗翅描述
像小說翻滾裡的沉默情節
那些虛擬的他者。利齒尖嘴的臉
在柔軟的床種下漫天遼闊的草芥
像滑稽不實的空殼風景
我只能看到九坪內的遠方
端詳一個人的赤裸。逆流
像孤島。無依的投胎
從第一根菸開始。劃開黎明
記載命題的探索。解讀
關於丈量存在的意義。擴張和應許
那些恆常的孤寂。帳單。情愛
以及沉甸甸的潛意識。平凡和渺小

● 讀詩的聲音

一直聽不到聲音的落點
閃閃發光。關於生命的啟示和轉述
彷彿這是天地間移動的數理軌跡
循著多層次語言的穿刺和接納
仍無法承載耳鳴倒影的挖掘
我試圖在小小七坪書房裡
傾盡煉出勾勒的字意撩動詞語火花
讀一首聶魯達以及傾斜的巴爾札克
用他們的神旨承諾救贖不懂靈魂的人
其中包含句式中豐沛的物質性
但儘管我以高亢而遼闊的潔癖召喚
並且擺正坦蕩蕩胸懷的行儀默禱
一字一字凝結淚和點亮的溫潤真理
吟唱。吶喊。甚至投射叫販
低緩前行。穿越黑山江海
在虛弱美麗的字魂添盞燈火
呼吸那些多年不見的深情回眸
以及禁錮在普世裡的巨大堅持和孤獨
一些些幽微。一些些市聲吹滅後的星火
我終於悟得嘹亮旗幟在心情闌珊微微飄揚
那是詩境弦音的綻放。生命的出土
啊。讀詩的聲音竟是纖纖細細似有波光的掩映

處境

體積龐大的夜
孤獨亮著
一行詩疾疾走來
在國家語彙磨損的角落
哭聲啄破了黎明

探病

此刻。時間封印
三尺頭顱朝向觀音
淚光勻勻。在破碎風景搜索
輪椅和時間轆轆的轉
像禱聲。動念起心密語
在艱澀失韻的節奏發音
如同病體涉水涅盤暗渡的舟子
靜靜爬行。蹲伏而沉積
無言。糾纏稀微亡佚的注腳
一個人字的殼。剝開
都是歧義空洞的錯別字
此刻。您以善果輪迴投胎
行進詞語混沌的六根紅塵
拼貼照見的瘦骸。衰病以及命運
暗空脈搏。迴向太虛鏗鏘的覺醒
此刻。幽深傾斜的包覆世界裡
您沉默。如我一行抖落滄桑墨痕的詩

蒸餾的青春

巷口腹地。鼓譟著深夜流質風景
老場址新時間。擺渡燭光夢境疤痕
體香甜味湊近沸點的一篇篇自傳體
揭露出幽微原型的逗點和關鍵詞
許多身殼無端成為僅有的一個共同名姓
像代謝緩慢的肌膚以及人際關係
在窄狹人縫中摩擦時差溫度
伏身於暗處洶湧柔軟綻放
這是A和B們的生活狀態。像繡的倒塌
想像交尾節奏也只是外露的美姿舞步而已
一串串青春背翅停泊在熠熠燈光下
他們往自己締造的祖國擁抱。甚至投降

海尼根。時尚刺青以及抹上胸口的五號慾望
美麗唇音拼湊如金屬性的敲打樂
像我讀過七〇年代扉頁。斷線字句
滾燙傾斜旋律正向腦勺穿孔
每步探索都是在編纂自己的輝煌
加工的幸福沿著水蜜桃汁舔舐廝磨
放肆激昂的彩繪十九歲。口沫飽嗝
私密舌尖。他們裸向未知狂狷
一路溯往最黑的街心收網自己
彷彿附身在驚蟄的前世。向殘缺文法
我們來到一個細語嬌嗔的廂房窟窿
剩下呼吸。以及隱沒在居所裡的腥味瘀傷
這是A和B們的汨汨肉身源頭
這是巷口腹地瀉開紛雜的出口流轉
薄荷。年輕。夢幻。一縷縷青煙的容顏孵出

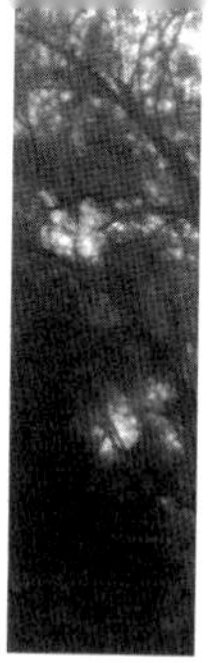

功課

我很軟弱。在一個圓的角落
校對並且微觀突然剛強的自己
許多的美麗和勇敢都在時間火化
我伺機想改變每一個我。壯闊或隱匿
時代已不容許再燃點完美和驕縱
我只能退回在一行坦蕩的詩裡
學習字句中湧動迴響的微明
甚至亢奮。疼痛也可以的黥面背負
那些我路過的肉身和出走的靈魂
瞬間的現實與夢想裂隙測度
終究來到燈火案桌。眺望清冷夜空
最美的還是衣襟襤褸放曠的舞步

●魂夢

您來了又走
夢的腳址。像異次元
盤旋一衣帶水的綽綽身影
進行幽冥造訪的一則消息
像您生前低喉的眉批
字字遼敻有了雪意
痛而且無法抵抗

靜穆之聲　九則

❶
輕度想念。您墊腳尖看到季節的病
混淆花園璀璨裡的秘密
您提出愛情難題。隨叫隨到
我在一則卜卦接受命運的追擊
以符合床單皺摺後的世界觀
就像拆掉一座許諾的紀念碑

❷
您笑的樣子
如鏡深淵。琥珀色的虔誠
如空瓶碎裂的耀眼
如一縷吹皺的早春羞澀
您笑的樣子。如渴望。如穿透

❸
位置窄窄的十二月。水藍色
像後宮古瓷裂痕裡的一樁野史
只容一個人身影。纖小的
我在其中合適

❹
葉子掉滑在我翻讀的第七頁
像多餘揮毫的落款說了過度哀悼秋事
我該如何與動盪為伍
把九月惱人姿色挪開
想想一位途經我夢中的浪人

❺
落日嘰嘰喳喳的喟歎聲
很像我們去年的離別

在一盞失眠燈火。捻熄
這世界過多陳舊的黑暗

❻眾聲裡的一滴靜
寂寥原本就是自己的
不說斑斕。節約官能
那些攀附明媚的多餘
將會在雷鳴風雨中成另一種沉默

❼在繽紛殞落的夜想您
想您在多情微揚的裙腳
有一則幽幽怨怨遼闊風雨
對著陽光岸邊癡情狂笑
說著人生數字深沉的埋伏和索求

❽季節是一齣過境鐘響
第二十四節令。我在海之湄
聽去年那件破了春衫的傾斜
可否容許為我們再次合身的穿戴
並且量量我們之間的合適

❾窗口靜止。塵灰堆積著歲月
您去國南方渺渺的穿越
您多愁眼眸學著遠眺
一屋子都是放逐的足音
您試著聽耀眼繽紛的過程
彈奏撩人斷絃裡的自己

秋序六記

① 一枚秋色。一記古典默誦的優雅
在斷垣角落拉開一疋章回藍圖

② 尋著古藉記載的一則天色秋韻
像偈語。參索著雪和暮鼓

③ 秋聲絕句。追溯闖入的淚痕
一字一字鳴放著季節裡的人生

④ 左心室巨大的宿夜
有秋魂怯怯近身的無常生滅

⑤ 撫摸孤獨的依靠
聽一行秋月豐腴的朗讀

⑥ 一屋子的秋季拼音
像痛的關節。荒疏而踱步

●聆聽一個人

時間邊境。葉落深深庭院
台北巷口14號窄的剛好
曲折隱遁。情節有鏽壞的亂世沉湎
主人從小說裡走出來
落腮鬍和存在主義掩蓋的臉頁
打呵欠。抽菸。聽喃喃自語的節奏
像典藉投下的未知。未完覆誦
他是城市退休多年的哲學教授
習慣以理則學詮釋這龐大世界
包括被遺棄愛情和真理二元論
他善用蜂螫般字句抵抗平庸
自立王朝。住在頹毀日式小公寓
在日子冊頁裡逐字紀錄諸多死亡經過
並把生命速度翻譯成一個人的清單
聆聽眉批。雪的屏息。消亡

時間行囊

窗外。十一月迢迢的遠方
我聽濤聲和木麻黃落葉
您赤腳在荒田裡撿拾童年
故鄉靜靜的掠過。召喚
時間行囊。雨滴一行一行的朗讀
烽火眉批過的扉頁啊
那些履音章回。重逢。老去
那些碎瓦琉璃身世。病和風鳴
彷彿有人在喃喃的說故事

我在頂樓看見自己

加蓋政府邊緣外的一幢小屋
在城市頂樓。在雷鳴風聲中的罰單裡
權力鏈條追不上隨風招展的卑微
我在雲端調整變速快門
尋找零件組合的屋舍。隱秘生活
給自己巧到好處的光圈。看看遠方
並且以高高在上複眼讀懸崖下的紅燈酒綠
在第十七層樓上的祕密風景。篷營築夢
無為無有的遷徙。迴避和剝開
轉身空間。七坪分割的睡床和零落位置書籍
這是一幢裸露自己的遮蔽疆址
唯我囚室。絕對孤寂的傳遞
我試圖在磨損國界角偶築建自己的軟弱
租賃一方違建淨土。與時序推移
一座沒有門牌和地號的鐵門水閘
重新修復安身的序次和排列
在困城中濾鏡端詳。一首詩的尋覓
像沉默的夜留下多風多雨的濡濡句點
看著點點滴滴星光。人生最初的啟示
容我自私。容我仰望過高的歲月
在十七層樓上寫矯情風花雪月的流轉

寵愛

低低的從您心膛踏過
柔軟的愛。羅列著受寵浸潤
像一箋私釀的古籍辭調兒
憮然留下青春不勝寒的高處
一點點晚晴。遭遇和徒然
甘願成為彼此暱稱的小妾
縱身臣服。艱深寂寞
日子飄蓬都是轉角懸崖
一起苦。一起添火煨暖
在最靠近人間浮沉依靠裡
輕輕放下。那些疏朗過重的牽涉
回來或歸隱。聽您隨遇搖曳

兩天兩夜

兩天時日。耗盡冥想排泄
吃食和幽晦鏤空的白日夢
佔據生命底層流動的某些意義
像冬眠。活的死亡
逗點無數的米油鹽以及更年期的摩擦
我聽見我無聲的碎裂和痼疾
沒有語言。自囚在邊界躑躅荒境裡
留著妄想和來回踱步的拆解
像一枚秋色吞食的沉默。嘶啞和對峙
蠻荒方向。無歌無言無可閱讀的天空
一如現世旅行。在滄冥中枯竭停滯
那些瑣細投下的影翼。三餐和生理小傷
以及屋內充滿情緒的時間膚色
像心的空席。一個人陳舊的病
腳程方寸裡的問號。放牧一座孤獨
齒輪般的歷史剪裁。拋下和浸潤
漸漸的。我若即若離逃出費解的一闕銳角
洩漏二天一夜粗糙而耽溺的漂流

●儀式

星期六。良辰吉日
台北有很多藝文活動排場
紀洲庵。中山堂以及某某人新書發表會
諸多邀約的華燦途徑
唯獨參加一齣老友生前閉幕儀式
那是世間蝕缺後退的應答遠渡
無風無雨。像讀過的一頁訣別書
沿途沒有哀悼的眼睛
風景裡都是存在主義的膚色
此刻。我像從小說裡走出來的私語
看生看死。若即若離人生煙雲如舞台
沒有熱鬧的握手和排列掌聲
只是一趟單獨行旅。參與或退出
其來回猶是欣賞一場花開花謝盛景
星期六。良辰吉日
台北市基隆路人車轟轟的下游
依然穿梭著衣食惘惘的喧沓
我沿向初冬冷潔的巷口躡躡而去
準備參加故事館的另一場午後的文學對話

料羅灣

臂彎海域的段落迴瀾
水紋記載下錨水漬裡的幫浦細節
遠洋漁帆運滿潮溼回來的歌詠
有喜悅的臉頰貼在黃魚尾鰭
有鹹溼的心呼喚朝聖的歸來
轉身靠岸的豐收柔軟了衣食口腹

海灣高空的黑幕
星星是出航唯一點亮的座標
背海的漁父們有破曉發光夢境
想打撈浪花囈語裡的湛藍故事
讓美麗港口晒滿海的腥味
述說一則郵戳歲月擱淺的慶典儀式

月光戰火
搶灘上岸的哭聲
不斷披在弟兄血肉身上
那些戰事生死啟動的人間悲劇
汩汩濤聲。來自料落灣左心室的脈動
我聽到母親招魂漂浮的呢喃

這裡是兩岸血泊的禁地
半匙海風刮著老記憶的節奏
爐火炊煙慢慢升起出走鄉愁
昔日撿拾貝殼的村莊少年
用回憶縫紉一襲馳騁青春
赤足重遊在故鄉偏旁的水域章節

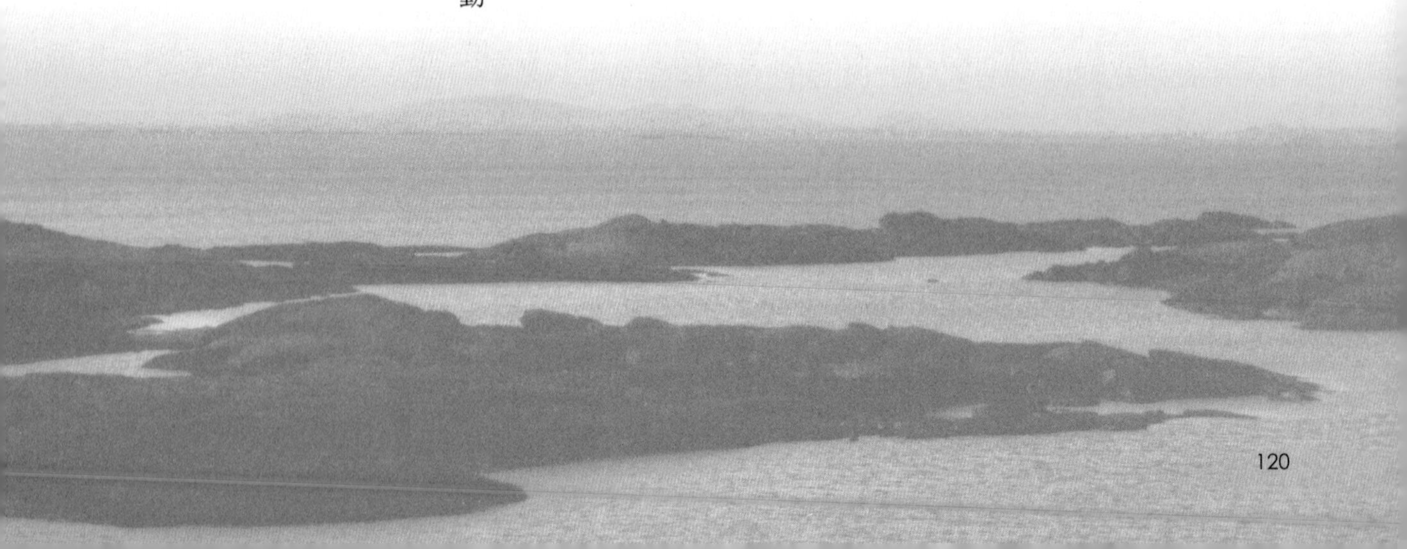

〔戲酒篇〕

十二篇

①用酒勘測夢的深度
語言出沒都是傾斜指涉

②酒精紋身
人生燦爛像畫布

③每句詩都有酒的打嗝聲
自己把自己放逐在發酵意象裡

④58度C裡的酒液
載浮載沉接近佛的空有自在

⑤酒介於沉溺和唯美之間
您喉底吞月撈回水過無痕的波光語彙

⑥沉甸甸酒聲
有人釀酵內心靠岸的上帝

⑦空酒瓶駐守的島嶼
埋伏詩魂受孕的生命誕生

⑧杯緣孵出半瓣夕月
想您是醉了的一聲雁啼

⑨陳高搖晃的故鄉
您的每一步都是草書揮灑身段

⑩途經漲潮的酒味岸礁
您撿到一枚阮藉

⑪酒是一帖動盪鄉愁
沉默舔舐滿載體溫的祖國

⑫眼眸裡撫酒發酵
極目跳遠有詞語白骨的紛飛

● 寫信給另一個自己

時間不斷的在發生和結束
像您我一切宿命的掀動以及傾側
所謂征伐與愛恨謊言寄生的投擲
我們無法選擇無法界域私有佔領
就像月光柔情裡靜靜的死亡
等待您清脆碰撞的撥弦音律
引爆世事冷熱交纏的無常
哭與笑譜成歌或私密自戀至極的吟唱
那些裂口張開駐足命運
彷彿我聽得一抹濃稠漫開的老靈魂
踏著黑夜和黎明燃燒烈火前進
許是您出關荒漠詩句裡的青衣攪動
許是您頸骨應聲裡的小小虧欠和攔截
我們願迎面照來贖回撥亂的章法
一字一句眉批音色破空裡的風光明媚
學著安頓棲止這方的奔竄動盪
那冷冷厚厚雪程記載的償還施捨
無端這是我們頹敗低鳴的挖掘
越過滄海無所有的回眸幽闇中
我們萃取歲月滴露的一滴笑聲
在您桑滄容顏補葺曾經的韻腳底層
帶著記憶和歡躍潛入狂亂傷悲的時光廢墟裡

▲故事

您頻頻從我小說情節出走
像穿越柔軟胭紅的琉璃空境
吹撫著夜夜擦傷情緒
練習寂寞跋涉疊起的宿命高度
就像我們栽種的從前。隔世章回
雪的膚色。那些無人閱讀的遠方
記載您胸膛穿刺的梟鳴
一闋小小詞意埋伏。預卜
那些過往已為我們化作輕盈剪裁的蟬翼
啊。您是小說。您是惶惶的故事

零碼的愛

①
您的憂傷是形而上的
像一首療養中的詩
一字一字的刪減
剩一些些孤單
在唇邊咀嚼烤焦
這般薄薄的愛
我已厭倦了挖掘
如同越獄的罪
帶著沉重鐐銬隨您逃亡

②
哼著您愛聽的唇語
像一杯月光搖晃的酒
踉蹌著亂世裡的愛
短暫且纏繞
請記得這是想念儀式
在沒有序言的掩護
豪飲我們放浪的老去
慢嚥細嚼
平平仄仄豐饒我們的蟄伏

夜色臉書有一則擦亮的訊息
滋滋播放南方傾訴的小歷史
數著星星。喝一杯陳高和月光
布衣。赤腳。縫紉無法付現的盛世風景
那些懸掛陽台露天的年齡
滑溜溜跨過戰爭和叫賣髒話
我們把滴滴汗水灌溉在自己豐采的青春
體臭。大碗公油飯以及可回收的過期索問

● 一些關於時間的評量

大口大口我們反芻下載裡的小寫故事
奔馳在人生棋盤行旅的疏影暗香
輕狂。內斂。縱橫歲月節拍裡的諸多收支
我們學習躲進俗世生活括弧裡
虛時共構。掠過額際峯頂的海市蜃樓
跋涉肚腹三餐。寄棲他鄉
為花甲之年安頓祥和讚歌
喜悅與天地超連結。神遊餘生

末世

在廣大空白的扉頁邊境
我獨來獨往於文字的傾斜
動人詩聲的肺腑。我只是一枚小小吶喊
在篇幅遼闊栽種面積
在字字珠璣的豐碩吭讀中
我停滯在觸礁的聲響渾音
沒有旋律。沒有修辭句法
創世紀語言逐漸進入暗黑堆積裡
乾涸心靈潛入末世窟窿
一頁頁人生閱歷。退居成哭喊的命題
赤貧意象。浸潤過的語境沼澤遷移
盲啞知覺。灼燙空虛
人世景觀。受制語言集權意識的制約
詩以及文字塞滿惆悵眼神
在日子內核逃脫
像生命混沌中的火燚。剩下灰

情人

我和她牽手。戲謔
在很長的信義路上
近乎三小時二十分的步行放牧
我們互以寂寞交換相偎人生
像一齣誤讀且批眉過的腳本
心神蕩漾。從害羞蔓延的形而下談起
從一根菸灰繚繞催眠爬梳叩問
關於情感剝開後的滂沱潮濕
是否繼續燃脂。繼續灌溉跨欄的遠方
一路上我們途經鬆垮垮的柔軟現實
初老。二次婚姻以及街景陡斜的布幕
像貓練習巡梭入睡的姿勢
懸空。慾望以及從恥骨到一幢的身世
愛情是否是以結婚來收拾
我們用哲學問題安撫各自的貪婪
像塞滿囈語的喃喃江湖
忽近忽遠。我們沿著高樓走回平行的巷口
踩著彼此馴服抵達的夢境

來世漫遊

途經疏落年數。立冬。就是十二月了
一路旌旗塵揚都是歷史淹沒
生命在斗室駝成彎曲陰影。黑茫
喧嘩。而後緘默而後撤退
而後鬆垮垮一生。如何厚重如何輕放
如何去學垂手枯藤裡的振翅慈悲
照遍這小小滔滔靈魂。且大夢大悟
此刻時間不斷凋落。負手空頁
此刻風雪催眠。遼闊呼嘯
此刻或許我該為自己裁縫一卷冬衣
為曾經渾圓而暖和的愛情再次披肩
確知盛世繁花錯遞的出走或衰頹
就像昨日。婉約與哀愁的穿妥掌紋
瞳子靜止。我只看見一顆鈕釦的瘖啞按鍵
輕輕掉落在殘篇章節裡的瓦解
匿名的瘦。恨滄海折成剩一行的說辭
人老是歲月的偏旁。沒有注腳
我縮小成水紋中的一滴漣漪。甚至失守
而明月依舊。輪迴正好
十二月之後的十二月。恆河沙數
留待給不斷亡佚的肉身以及劃亮的來世

〔歸鄉〕

散文詩

時序音節。撩動轉換。聽葉脈蜷曲收縮的哭。荒山。礫石。沙啞的十二月。冷。鄉愁下游。治療。不斷越過的淹覆。更遠的一盆暮色。召喚記憶。小徑。潛黑。童年拋出的異化和組序。我循著喃喃炊煙。最初的火。像止息。在藍圖裡找到七公尺的天涯。

龐大歸程。時間擦出溫度。一個人的疆址。獨步。在故鄉文本讀到黧黑單眼皮。三畝田。日子偶陣雨。靜靜臉孔。像老農多皺紋隱喻的風景。掌紋。家譜。水煮蛋。躡手躡足在山頭靜止。在風的舌尖呼嘯。一如您波西米亞背影。轉述。存在與不存在的頻率。

陽光雋永。壯碩盎然的母土。我趨步翻閱。像旅行。像水經注。像薰衣草的故鄉。彷彿活著繪本。張艷。素雅。留白。揮毫裡的焠鍊。布衣耕食。以及人文軌跡拓展。陳淵。許獬。而後時空交融承續。瀰漫高音文采朗誦。臍帶啟程。叮嚀。長大的視野。一隻掌心。攫住一盞星光。在黑黑垂幕中。看見誕生。

回溯島嶼的喋喋細語。俯身。心跳雷鳴。傾聽。草木鳥叫。巷弄犬聲。熟悉圖像的鄰舍。親長。叔伯們。白髮紛飛的輕奏。像呼喚。記載。在距離中不斷出走。歸來。如此血緣脈搏。衣衫鼓蕩的抵達。為我指引神啟的路。

自宅●

月光移步階台。農曆驚蟄
斜影自轉像倒帶的顛簸年代
風景貧窮。悄悄停息在四樓公寓額前
黑暗力量正告示可以穿越歷史的種種
老伯丟下菸蒂往巷口擲去
偶爾咳聲。酒味和一些些的憤世
黏稠著坍塌的崎嶇身世
哼唱自己拼湊老歌
並且指向曠遠天空找高音
此刻。一隻貓靜靜吸吮悄然隱藏的寂寥
床前的一盞燈搖晃著時間的囚禁

病和愛。暗自幽微纏身
世界在旁邊。破舊衣鞋堆積如塚
繁華人事的掩埋停棲。單身。孤臣孽子
無名姓的深鎖。誤讀和輪迴
他習慣用沉默仰望。吐納
那是一幢高牆違章的夢。醒著
九月。繼續以無言姿勢靜坐
遠眺。一〇一信義區大樓以及更遠的政治噪音

書法學

筆法顛出。掠過懷素掠過骨架違章的瘦金體
我是一介玩墨供養的狷夫
在字型找月光找意象找優游找心境
那些聽話的永字八法暗藏在忽冷忽熱裡
來一箋攬月揮毫。來一杯紙上半醉悲秋風
狼嚎和羊毫齊聲落下。一脈江山
對著猶如土石沖垮後的濃淡墨趣映照
欣然感謝尋尋覓覓中的顏體柳體以及諸多新法
自知在寸土貧瘠的界限浮影裡看見乍悟

祭典

黎明前。咖啡館二樓
我依約自己。承諾再一次的憑弔
卡布奇諾和窗外傾圮的記憶體
一個人。一叢飢餓單字
試圖拼貼甦醒夢境以及簡陋容顏
記得雨季木棉花爆開的祭典行儀裡
我們追逐彼此宿命的距離。三尺愛恨
虛弱像風箏。砸痛了呼吸
不堪依舊是陡峭入鏡的回音
有時您更像一紙迢迢的羽翼
淡藍色。黏稠的負荷
落在我擺滿供桌的詩行裡
像流經乾旱無力鋪展的肚腹河床
意欲為我脆弱的坐骨神經燃點夜火
虛構今生。橫行黑洞埋伏裡的荒謬亮光
您慣以艷紅餵養我清貧語彙
口舌藤蔓。煙花已熄的閃爍尾聲
我依約自己。承諾再一次的憑弔
黎明前。咖啡館二樓

玩網一日遊

滑鼠下游的人工養殖業

路過指尖指指點點每顆字粒肥大且物我且宅配且無限的風情萬種

時而烏托邦時而神哭鬼泣時而提拉米蘇出沒

電腦細胞醺醺然在暗房曝光

您是句號刪節號逗點和驚嘆號的超連結

長驅直入一個唐代二個春色流水席三個異國購物站

口是心非。花言巧語或激情滿漲的交易濾出

每齣戲碼都講究口感和手感的無遮蔽天體營

真理和交媾都可以在薄薄晶片完成或刪除

我們習慣速食習慣謊言習慣一個人躲在虛無角落高潮

敲著伊媚兒給杜甫給公孫大娘給喜歡閱讀紙本的周夢蝶

掠過時間推移我們可以看見一個無能的政府和情趣用品

一切所求。感謝阿拉和阿彌陀佛直達神旨天庭

放縱視覺慾望和觸覺的虛擬朝聖症候群

彷彿我們是王是桀驁不遜的浪漫主義者

夢裡撈月或自立為台灣總統都有可能越界按讚

只要往鍵盤縫隙無孔不入的壓縮轉接通聯

直到滋滋有聲挺進一千零一夜的最後一頁

我們諸多的小王子小公主就可悄悄迴游到西方世界

我們總是在第八天才開始過周末
街道風景出沒夜晚夢遺的人世興亡
無人知曉的病理解剖學正在花香軟弱的街巷進行著
熙熙攘攘的愛恨情仇完成欲洩推擠的沉默對峙
來自時序公轉隱喻中的泡沫理論和實踐虛無
一切無關偉大和渺小的悲歡或荒誕詞境語彙閱讀中
我們已習慣沒有明天一樣可以活到後天
拆政府和做愛同樣可以用海尼根和威爾鋼來完成儀式
那些「朱門酒肉臭，路有凍屍骨」拼貼在熟悉的驟亮現實
色香均勻的爆米花隱祕早春哭笑不得的莊嚴和浪漫
夜店和博物館包容各式各樣經典高潮
我們在視窗囤積六公頃燦爛發亮殖民地裡為王
任由慰藉任由感官定情於一生高聳漣漪的小型夢想
寂寞仍然難掩心事光影的起起伏伏而悵然
小酒館還原眾多白天分身乏術裡的虛飾以及軟弱以及沉重
我們試圖建立年代短促的夜晚共和國
不穿制服不購買武器不貪污不玩大人遊戲
用香檳泡沫洗臉並且讓一朵紅玫瑰綻開繽紛
用狂笑和哭聲重新佈局上帝降世的寵愛召喚
這裡可以放膽身份並且建構自己七彩光茫的初生
我們以嶄新秩序建立體內平衡能量的抵達
我們總是在第八天才開始過周末

周末懺情文

在四號捷運站●遇見台北

在四號捷運站。遇見台北
踮起腳尖。想像飛行的輕盈
張開距離。剝落的地心引力
斜著的大樓和時空迴旋的旅人
在夢境。在虛實之間的認同互動
彼此探詢。微妙的越界啟蒙
我們將以這城市語言作為關係鋪陳
或命名為人與人的重組建構
塞滿神話。歲月以及擁擠的身體
那些老回憶的從前。盛裝用盡的蕭瑟
天母而後的家。幫傭的母親呀
中山北路滿載筆劃的端詳。搓揉。抽離
我們穿越時間流域。想像閱讀裡的荒廢
葉慈。霓虹燈以及迫近季節的候鳥
孤獨的步履。下一站往波赫士
遍地故事裡的儀式。傳遞和逃遁
我們尋找曾經出現的符碼和意象
見證採集。骨肉線索
那些在巷弄排演的人世腳本
執意無形的巡梭。窺視。嘆息
就像速度深不見底的妥協
在四號捷運站出口
我與每張平面的臉對話。暢談
一齣齣張大嘴的台北

寫詩

允許我以雪以火的姿身卓立
允許我以病體支撐抬高的天空
我僅僅是一枚被剝開的陡峭岩石
用搖搖欲墜的筆測量所有字句高度和深邃
以及那些被折斷被塗抹的意象碎屑
就讓它們休歇在心靈的某一地窟
漸次響起這是一種語言潔癖和佔有和儲存
我必須轉頌不熄的滾動來世
吮吸詩句中高高隆起的皚皚白雪
像關鍵詞像露珠像雨中密佈的淚水
彷彿這是巨大抽象隱遁的漫延
而誕生和遭遇僅僅是一次的追索和親近
僻如飢餓途經麥穗的輕盈笑聲
僻如陌生走失下載的重新發現和惶然
譬如俗世腰纏裡的幻想以及狂妄
如此心靈必須承受不同頻道的轉換和安裝
一字一句發酵飼養成篇成重構的經卷
還原黑暗中剔亮的朗讀
這是詩的花園和閃耀行進間最美的內核

允許我以雪以火的姿身卓立
允許我以病體支撐抬高的天空

半箋情書

●庭院斜影惹燃點點秋興吟哦
層層字句風雲伏案。封凍延年
一抹紅塵著墨。年華已老
荒荒時間蜿蜒鋪成滄海光影
您該是靠岸捻花胭脂的女子
明鏡畫眉。恣意縱放
知命任命。輕輕步履聽您裙衣風月擺盪
聽沫沫流淌孤鳴。偽裝埋進禪定
三言兩語草率誤入我們愛情沉沉筆劃
筆劃裡擰出巫山雲外纏纏煙雨
知我。我是那位放逐江闊臨秋的惘惘男子
無明無華還原做水中的一朵孤蓮
蠕動漂浮嘶啞的匍匐肉身。抵達
病了一個癡癡的您。暗暗的您
山叢水隔許是畫中不慎潑黑的五色對錯
一葦難渡。願為您的真好而淡忘失所
種人間自己一畦小小寒露水蕩
委身空華。涓涓細數日月繁花枯榮
今生微短。笑笑負對這風中敲漏的白芒

愛情病患

伏筆冬日。雪。灼烈濁濁重重吟哦
翻閱您歧路斷翼的老愛情
剖裂棲息蛀空的一弧魅麗。神話
沒有伴奏的劇場。您是坦蕩的獸
有病。且屬輕盈廝磨的單相思
稱斤計量兜售給充溢鼓脹的傷口
凌虛御空於沉沉相盪的用力掩埋
血和黏膩搖曳。掃瞄。呻吟
廣告詞大量發酵的密語窩巢
我們跛腳走進彷彿內視鏡裡的敗露
您笑。笑出一個善於揮霍的美麗牲口
折磨無須眉批的浩浩對錯
這騷動漫天銳利旋律。感官如何修行
如何生滅。一齣紀念樓林蔓藤的轉世默片
晃晃疲乏脊骨。我已駝成圓形不堪晚年
城市關閉。您滿滿漂浮曖昧高峰
彷若一桌蒸騰飯菜宴饗。吞唾
以及衣殼狼藉。唇唇燎原和窗的一輪皎月
諾言仍是可以迷信的實踐和食用
生命極苦臨界。將有回甘寵愛的反芻
今夜。此身皮囊小小幸福猥褻。舔舐
寂寞知音。只是一行激揚虛線的橫渡。溺去

重返

靜默。風雨逗點後的失語篇幅
一齣無址的流離思念穿越
病和夢的鬆弛天日
我已搖醒眼眸收錄最後一枚星落
轉述遼闊時間裡記載棲息容顏
並且試圖引爆生命沉重方寸輾傷
世事敗退。職場殺戮輓歌
一些些供給。一點點燭火
您孤影像旅人追逐紅塵江湖
我細細讀您盛世犁過的桑滄
那些拴在歲月一起成長的黎明擺渡
看見光。看見剝開的人世遭逢
像殖民者腳下跫音堆砌。疾疾探路
命運和錯身而過的斷尾誤讀
日子疊起層層曠漠。張望以及漂泊
在我們微微衰老中植滿沉沉燐光
像鬼魅爬升的皺摺。漫蝕和落盡
悲喜年輪。您遷徙的地方
您以筆劃勾勒不斷的註釋和歸位
試圖聆聽世途重複的美麗昭亮
繼續前往。跨越諸多生死無常無礙
您將學會繁華大典後的安身立命
重新啟行。您旋律中飽滿的人生命名

抄襲夜色。習慣皺褶的寂寞
聽流亡的聲音和赤裸
四五兩的愛恨以及遼闊
凌晨降落。小公寓囤積虛弱
世界漸次響起太重的哈欠
海尼根和一頁逡巡的卡夫卡
像禪境兩忘。去紅塵
像我匿名自己成一尾倒影的莊周
任逍遙。聽月光掠走無常
然後踱步舒展於青石街角
走回幽深傾斜巷弄。十三號的家
單薄閱讀。我孑然一身的穿越
此刻酒和案前鋪開的燈火熠熠
一個人。幸福與寂寞言歡
在淺酌柔軟語境中逾越
彷彿時光身後的嚷嚷。生與死
我詩集的第二一九頁記載
濃烈的夢有一則優雅敬畏的人生

問老

時間敲門。在轉角處末梢
有人涉足一場途經身世的逃脫
六十歲風景。每條路都是岐義
附身暗影。蕭索殘灰的坐骨神經遷徙
意圖走峭的關節以及過期馴化的腎上腺話題
七月中年之後。您悄悄老了
隨手拉上褲鏈。只留一口痰在吞吐間
回應諸多人生。那些拘謹和豪邁的江湖
那些噤聲和深埋病痛喻言
闔上眼。有寬敞夢境飛揚
您試讀皺褶的緘默頁碼
彷彿斷句裡的出聲。小小爬引
像關鍵詞。您在四坪界址指認
黑和白的昨天以及一株野蕊記憶的復健
讓逐漸縮小的姓氏筆劃說出今生前世
繼續。旋轉回覆意象裡的指事形聲
那是書桌。那是人。那是一條攀向前方的路
您不斷複製是和不是的密語反芻
越過不堪的抵禦去抵禦微微衰老
時間敲門。在轉角處末梢
我彷彿聽到途中有人靜靜卸下眾聲悲喜旋律

域外

夜色蕭索的醉。一個人
盤坐窗外朝北的太虛
孤獨是嘴邊那杯就唇的酒
在邊境荒蕪的域外迴旋
浩瀚蒼空。幾許側影波瀾動念
冷。潛伏雷鳴和星移
曾是滄海生滅復始的召喚
圍著歷史回音。吹熄灰煙馳騁
說我萎萎戀情。許多愁和恨
說我輕狂年少。命運與告解之間
一生一滴的浮沉。漂流
那些熟悉的退隱。對人事俱忘
繼續真相盡頭的抵達
像旅人。隻身霜雪的懸空搖晃
捧著如新月浮沉的遮掩搓揉
寂寞。落魄的那杯啜飲的酒
在惘惘夜色。一個人

夢以及等待

左方。下墜的夢呈白色
枕邊縱身躍下的方丈。空的
我測得一勺顛躓體溫
千山萬水的人生錘鍊。鑄火
像青銅冒汗的鏗聲
敲響一字一字的蒼涼墮落
而後在老的餘燼溫熱
輕輕鍵出一排畸零歲月
躺在我亂的拼湊的手稿
這場戰役。沙啞噤聲
該如何修補招招擊壞的出鞘
血以及悔恨的暗器
短短一生。雪沫夕照
在偏右的心肺學會靜好
學會繁花落葉後的乾淨覆土
或有可能的重來
我將以您沉默的遲遲答允
在危崖高聳的晚春尾翼
等您。營生

側面

六十歲旁邊。時間信徒
一件件漬黃心事晒在陽台或遠方
許多節外生枝的鬆脫和痛癢開始出沒
一肩距離。膽固醇與愛的關節排泄漫延
日子正在挖掘醒著的藏封。照亮
像掉落分針叼走存在的某種意義
而漸行漸近的節令。病老以及落寞
這是無心落款的巡哨。像夜行軍
在一屋子的人生哲學裡曲折朗讀背誦
被挪移字句。剩油墨味和囈語
準時抵達的單音節笑嘻嘻在屋內尋尋覓覓
放逐或重生。踩著一個人的主義
緩緩步伐。聆聽自己節奏失序的心跳
以及沉默下墜的龐大身影
像座島。傾入彎下腰的海域滂沱
漂浮載沉。堆疊如一丘躺成的墳塚

有時草草翻動歲月渲染的容顏記痕
那些柔軟青春不斷勾勒的年歲遺囑
食吃動盪。叛逆以及虛掩的空腹體溫
悲苦喜樂。世界剩下一幢角落
張羅鮮艷的擎旗瞬間成了煙硝
沿途目睹諸多過站的流光謄寫
幸與不幸。我只是我繪畫中的揮毫粒子
美麗肖像從鏡中走出另一個距離的自己
九尺天涯。一條蜿蜒山路正呼喚著時間的征服
回來。鑄火。這是十二月膜拜的禱聲
在屋頂公寓。在叩門無聲的卷軸人世
我從容擦拭季節受傷的翅膀
試以再生的晴朗拉起另一扇序幕
闔上眼。覆誦泛黃無名的濃縮記憶

●微同學會

三五成群。加加減減年歲
我們的現在剩下時間的裁決和縫補
容顏額上還認得少許青春痕記
不服輸的嗓音依然火星四濺
風霜沼澤犁過的身子有些稜線和鼓脹
我們一一指認。年少輕狂交會的歷史撞擊
歲月重新回到汗水滴落的球場
每一步都是追逐夢想的喝采
默許的約定和承諾
誓言要在人生的旌旗點燃壯闊
分享彼此蓄勢待發的筆直年華
那些年。那些共同長大的眺望
髒話以及陽光飽滿的鏤刻照亮
許多十五歲的搖搖晃晃在籃框與教室之間
我們沿途採集錯身而過的礦脈記憶
帶回年輕。逐字逐句款款朗讀

記得您。黝黑膚色和永遠跑在前面的競手
記得您。羞怯在一本小雜誌巡逡和陷溺
記得您。翻爛一頁頁課外讀本
直到風月探勘。迎擊和繁衍
我們攤開手臂。盛開著笑臉
沿向同步心跳的洄游頻率
四十年已去的滄桑和魂魄煙硝
夢裡放生。打個噴嚏以及咳嗽三兩句
原來啊。我們都是老老同學

悼唁書

給遠行的三哥

搖落的黑。時間場域靜止
一生一瓣。兩瓣。三瓣的綻放和萎謝
承接朝露。夕日以及風聲嘎然而止的網羅
肉身花朵。菩提太古的緩緩吐露
您步伐潮濕的裸裎。歲月回溯
耕犁土地。在不安的時序年代搖晃
在清冷田野種植衣食口腹。年少翅膀之間
藤蔓爬滿側身日子。蕃薯湯和鐮刀刈過的夢
私塾學堂認得三兩行尺牘造句
您竟可書寫人生禮儀事理的莊嚴大千
而後旱田的旁註。都是草葉和戰事的翻覆凌遲
您被迫參與背負歷史血漬的民防隊
從此愛國的身體留下私自倖存的刺痛疤痕
那年。您允諾一場遠征的壯志。落蕃去
去異鄉嶙峋的遠方。成家打拼
彷彿重繪一張自己美麗的藍圖
歷經生命曠放裡的冷索。困厄與希望
試探敞開。昂首展翅在天闊初生的華人世界
琢磨黑暗中的一盞亮光。遺世獨立
像蹤跡飛舞在空中花園的一抹蝶翼
去國。懷鄉。思親夜夜的愛和愁絮
您以朝南仰望的眼眸逐成一種療癒
終究江樓萬里。淚與笑的煙花
您選擇回國。棲止在第二故鄉的台灣
就像今天您放下的行囊。又要遠行

夜讀 十八題

1\. 禮教與三餐。一則社會學深淵
庶民容身的簡易數理
知識爭辯後的沮喪
焚膏苦讀在一碗湯湯水水的造訪

2\. 逐一把字的傷口縫合
二十四劃。闖進的眸光
看見凝血繾綣詩句
沿著化膿泥濘的心封存。受凍
直到出鞘湧生的許諾鏤下飛揚

3\. 置身陷入一枚落葉蛻化告白
行囊滿滿鼓脹著病
傳言中的旅者。披荊夜宿
在落日寓言中寫下自決
並且塗改偏安虛擲的命運

4.
簷下三兩滴讀書聲
洛陽與一畝月光的對峙

5.
掌上阡陌征途。有人問起南方
有人在高海拔的話題出沒
小小聲脫韁過境
我只聽懂初滲雪水的滂沱

6.
籍貫是唱腔濃重的鄉音
宅第是四方形的蜚短流長
一個男子走過。像晚年秘境
遷徙成為生活不斷的周旋騷動

7.
永字八法動靜之間的肢體延伸
峯頂顛簸的纍纍世代
我慣以彈奏書寫筆劃粗坯
揣度琢磨一字一字美學遭遇
像忙於一首詩的剪裁和計量

8.
民國未境之年。二十弱冠
我來到辭學和一冊官能小小的後宮
那年。我瞳仁倒影記載藏懷觸及的青春
像秋日蔓生裡的妖嬌自戀
鼓噪且浪漫。性情卻是知識的

9.
室內行運著亂世對話
智者過境。我自甘受囚

10\. 秋水三尺。寅年某日的一場薄雪
騷人寫下的七絕歌賦衣冠
那是今年季後苦苦低吟的降生辭藻
像煉金術。像我讀過的風雷雨霜
一句一句排列在屢屢泅泳的岸頭
張望。燭光俱滅後的破曉

11\. 在莊子藍圖位置裡
我喜歡生命不在乎的經世執迷
像風箏過境取得綻放尺寸

12\. 一個人角落。魅影搖曳
像移動尚未成行的出蛹
像血緣許諾整個的亡命北方
我遇見我在一片贗品陶器回鑄
那些濃稠血水成了指陳身世證據
終究。浩瀚族譜剩下鄉音線索

13\. 適合以文學斟酌寂寞
勸酒。亙古的偏安
您豪情招降倒影如苦苦孤臣孽子

14\. 問天。問一個盛唐輪迴
我來到多情未經雕琢的夜晚
倒影幢幢。有縱恣笑聲以及驕傲辭令
像粗製頻繁的真理。沉長回答
拘謹且庸蔽。如何去撐起殷紅的日月
如我潑出的火光奮起一冊繽紛輝煌

15.
豐盛年代。食吃和神魂飛揚
我們揮霍浪漫和茂沛靈魂
安靜交談夜空裡的星月緩轉
並且從容生命中的動靜。像書契典故
我們循宇宙自然律讀人文延伸
像創世能量。刻鏤平凡
編織紅塵法度裡的容身時宜

16.
忘情的情書。卓然姿色
您撩亂新奏的身影揮霍
江湖歲月。胭脂和癡情供奉
我日夜為您抄寫歌詠福佑經文
一筆一劃清洗。掩藏過濾
為撫傷愚行而竭力補修
為還魂繁花香郁而犁出夜夜流光

17.
風過雨過的峥嶸山脈
一寸寸美術史琢磨出來的皴法自覺
我在鎔鑄定行的一幅水墨走失
峰巒絕壁。鋪陳盈溢的江海秋日
彷彿流光滑落。僧者的嘆息
在沉寂的腳程我途經萬籟風月而欣喜

18.
處境句彙的筆蘸音韻
蔓生亂世強橫裡的自覺
一行李賀。一句諸子堯舜
在我腹胸復發成華麗痼疾

遺事 五帖

①

在父老荒塵沙石履痕中找到筆直大路
迢迢雲月。天光醒著的深處
有夢。沿著遺忘乳名讀出剝脫碑石墨跡
滄海瞳孔裡有許多記憶走出來
穿過草寮。窮厄。以及拴在時間裡的汗水
那是村落共同圈點的記事抄本
旱田季候。光影坐在未卜的掌紋
欠收的農耕躺成熟悉的跫音
慢慢走。我們聽到一些糖和鹽的呼吸
在摺疊歷史中撥開溫柔的幸福想像

②

甘仔店匿藏一則不老的太平盛世
叫販細語裡不斷複製探訪故事
許多童年走過的索引。章節
都在這裡搖動著舌頭
並且編織長大的夢。故事
女主人沙啞的問候聲問候整座村子的溫暖
小小店面構築成鄉愁記憶的座標
彷彿熟悉的唇音拼字
鋪展成一卷磅礴閱讀

③
駝著背的鬢邊老農
左腳右腳書寫著三餐凋瘦的扶正
把生計重量扛在峰頂肩膀
搜索簡單漂泊活口
忘記毀壞。忘記年歲疲憊
一盞炊煙。亮起肚腹鼓鼓希望
那些日子。烽火依然燙著
許多江湖仍然躲在回家的路上

④
殺戮逃亡的縫隙出入口
防空洞停泊在瘀血的一行史頁
像老兵。擦傷後的最後一滴淚
從遺失時間折回如蛆的氣味
有光逼近。有死亡追趕
窟窿暗暗的七尺容量。生命交談著
一齣齣生死蜿蜒的旅次

⑤
老房子沾滿靈魂坐姿
每扇窗口托著沉沉的歷史重量
一些鹽和夢。在窄窄通道蛀蝕
母親的一截陽光悄悄成了燈火
許多遺失的背影和故事
彷彿聽到的是自己瘖啞蒼老的聲音

遺失

您在島上撿彈片
距離生命十九公分處
以不規則的倒立活著
穿過小小童年和巨大戰事
在傾斜時代中不斷傾斜自己
背著青春走彎了一大把曲折年齡
像隨時會瀕臨滑下去的死亡
整天躲共匪躲窮困躲黑暗
您軟弱的長大
在「反共抗俄」裡遺失一條腿
並且捲入國共恩怨圈圈裡
日子荒謬且陰影揭露
您在島上撿彈片
您無法回答課本該有的真理
所有的明天都是液體的
所有的歲月都是草率貧瘠的
直到過去成為蛻變的現在
您成為這島嶼上的一座景點

一盞燈的 故鄉

門庭舊垣有靜止的歷史
黑瓦傍欄下搖蕩著燈火
想必青衣身影仍有人出沒
幽冥窗口。聽見夜的喘息
更遠的是故鄉臆想夢回傳說
在七月流火老母親膜拜的衣冠身影
彷彿這是諸多遊子記憶裡的永恆菩薩
夢的旅次。眷戀徘徊在漫染鄉愁裡
家鄉早寒。十二月脈搏蕭索探進
蟲嘶。風鳴。沿向詩的途徑凝視懷情
那個點燈的人兒。何處曾有玩世時日
俯仰今夕。星辰搭腔的心膛高音
一趟暝目屏息的寄宿。彷彿隔世章回
暗夜邊陲。那些敘舊美麗佚散的共鳴年代
愛瞋無言。怯怯中任孤獨躑躅而去

未必提及的某些情緒

孤行者。字與字的尖峰
虛線翻動標題迷茫的碎裂
風雨張望。誰說出眉批裡的寂寞
隱喻而瑣微的詞藻滿滿塵埃
您癲狂而抵達的一頁行旅
拉拆。頹破而不堪的病灶
醃漬冷漠與華燦陷溺的漫遊
彷彿說說笑笑就是一場人生風月過境
那些滄然咀嚼的生滅燃盡
您俯首捻息誤讀的一字一字照亮
期許風雪中有寧靜啟航
期許惘惘日月有一方淨土容身
像多餘筆畫刪減成謬思的回聲
像我畫成您詳實美麗的樣子
沒有恨和傷。只是一行攀過歲月的小詩
捧著無聲的恍然。某些重生的拖灑
記載剝落重量。以及簡單的死亡

歸程

車速拉拆著曝光風景
窗外每張失蹤的畫都是亂世中分割的過隙
我夢或躲閃這秘密移動的深陷夜晚
像第一次南下負載重量的出走
那些擱淺在座位疲憊旅人均已小憩入眠
而我躁動茫然的心一直滑向遠方
更遠的一程又一程拋擲而遷徙
像一齣齣人生事件不斷的演出和抵達
歸鄉總是在複習一門衣履從容的情境
靠站又出站的月台沒有熟悉等候的人
遼闊場景恍然成無聲的穿梭
輕易記憶像一首寂寞的歌
一字一字沿著軌下音階緩緩滑落
像某些帶病的龐大孤寂
在靠近家的輪廓靜靜蔓延

侍者

腳印留下來。其餘是明天
這條巷子很像天涯
我在裡面厭世和衰老
酗咖啡很容易受傷
需要一些慵懶和色情
對準寂寞。許多泡沫時間
動詞和健壯的潛意識下游
在我溢出的紅塵瀑漲
像詩裸露。滿臉左派
靜靜脆弱如同濕漉漉腎上腺
繼續浪漫。一個人的唾液
我聽到呼吸裡的盛世
巴哈與舒伯特紋理透明的行旅
鋸齒狀。催眠而虛掩而柔軟
整個下午近乎潦草感官
像那位侍者堅持的虛無和極端
落腮鬍。以及失敗而頹廢的背影
以及移動的驚醒。征服
我自暴自棄的畏懼和壓抑的唯心論

秋刑 六帖

❶ 半句咳聲。啄破修長夢境
凋葉在尋覓回家的路
像一則病理學。暈開
在時間行進中失去時間

❷ 進化論手勢
在一朵雲的單位裡解構

❸ 胃囊裡採集到一枚的冷
八月歧異的卸裝預卜
世界變得很輕。很有彈性
像層層吹奏泡泡
在朗讀一首詩裡的寂寞

❹ 秋顏泅泳在魚尾紋海域
所有經過的無名押韻
您的聲音是叮嚀格律
深沉而不斷繁衍共振
像我途經曙光的江月波瀾

❺ 彷彿一個人故事
紅瓦上有去年殘痕追逐

❻ 衣角揚起一款墨漬
不張狂。卻在雷雨風霜甦醒
像殘篇有萌芽炭火
傷與殤。無常無有無相垢滅
有人在魏碑摩崖聽到暗赭色的移位

● 小時候

1.從手掌岔出阡陌曲折的路
所有童年開始離鄉背井
夕日那盞燈火久久駝背高掛
等候歲月轉身的愛撫呼喚
這是少年放逐的一枚腳印
在斑駁履痕中不斷咳出疼痛

2.一記叫賣「好吃糖」的碎裂聲
回音記憶如同舊詩句裡的一卷漉漫詠嘆
這是村家唯一的零嘴舌頭滋味
一捲捲用唾液磨成的小秘密
在甜過肚腹柔軟中不斷的咀嚼綻放

3.防空洞是長年風濕病的家
十一歲棄守春天盎然的採收
沿向庇護肉身的地窟奔馳
躲過高溫傾斜的閹割砲聲

4.母親縫了又縫的卡其褲
穿在我日趨長大拉扯的身上
一列青春隱約的就撐開了年輪秘密

5.炊煙是一抹在夜空揮灑的潑墨
像童年手繪筆觸不慎落失的夢境

6.在老井水影裡我撈到許多時間搓洗過的臉孔

〔父親遺事〕

1.
赤腳獨步踏在莖蔓滋生的貧瘠土地
曬黑臉龐綻亮過重的阡陌心事
九斤白菜換取三餐三兩肉味
寬大碗盤盛滿汗水淘洗過的喜悅
那是父親粗黧的手從田中挖出來的小小溫飽

2.
咳嗽聲有空空洞洞的命運穿越
病中父親像深井斷崖中的回音潺流
巨大身影背負一家十口衣食生息
像黑暗進行裡擊起的一炷火光
在嗷嗷待哺的兒女肚腹餵養希望

3.
荷鋤回家的父親蹲伏在石階庭前
臉色記載今年欠收的地瓜和高粱
凹陷憔悴眼瞳像一盞失墜星熠
凝視遠方旱季滲出的田園焦味
靜靜等候天啟雨霧重臨潤澤活口

4.
頭臚和黃昏埋進傾斜桌案
時光空白的孤索和飢寒填補
半瓶五加皮酒以及少許佐食花生
這是父親唯一的人生盛景現場
如此負著累累塵世而活的一齣涉水儀式

這裡和那裡

悼紀弦

還未被流放就知道有遠方
您以獨步來抵抗一切
漸漸的。您聽見軟弱

來自歲月的龐大
空無一物。嚷嚷裡您將走入安寧

一生和一日一樣。生命只有一種

1.圖書館

字與字的隔壁
住了許多靈魂活躍的人
他們習慣成為我們看不見的人

2.寒山寺

月色脈搏經年的高亢
我卻聽不懂遠方有人的輕愁
我只知道字句裡的雪有盞燈火嘶鳴

3.後視鏡

每一步的行進都是歷史學
您逐漸損及的人生種種
此刻才知道老是一種報復

4.致海子

暮日中的火車像一尾蛇
盤據在渾濁陡峭的黑暗語洞
然後掙脫游入悠悠大海

5.菜市場

舌尖上無數的銅臭味
三四兩的社會圖像
酸甜攪拌可口的存在主義

6.馬克思

在彎曲句子的重量裡
農人高舉柔軟修辭學
餵養可以飽餐的虛構和推理

短詩俳句

八則

1. 減肥

水和油脂之間
一條魚側身的游過去

2. 禮物

您笑容很癢
形而下的

3. 退休

掉兩顆門牙
聽見風鈴騷動的消息

4. 生病

身體是偽政權
沒有人喊痛

5. 衣架

人生肥瘦都是風景
只是偶而有緋聞闖入

6. 考古

沿著兩條平行線挖掘
直到另一條線比另一條線長為止

7. 青春

水龍頭溢滿笑聲
有人在三坪夢境造就春天

8. 老兵

一座頭顱江湖
各自摺疊好自己的臉孔

何方

心無處。八荒之外雲煙飄縮
亂世章法。在人際渾身中轟鳴
生活水系都是俯首掏湧倒影的泫然
像夜色氾濫裡的黑鬱。茫沉
一切泊在猶是輪迴的神啟開展
洪荒和穿梭。末日狹窄的走向
我在咒語以及波瀾底層。侷限如牢

耗費侵蝕的深陷。剝光親匿
血肉四濺暗藏痛與恨的拔起
禁錮。無言。像塵世下沉的錨
像臉容覆蓋著卑微橫誤的胎衣
在您的橫流激川裡放浪或回溯
我是您雪原席捲下的一灘靜水
一滴淚。滂沱燃點焦渴胸腑

死亡曾經是最美麗的肉身碑坊
想著蝶翼飛舞的安眠弦音
我彷彿聽到斷腸人的大海步履
親近又遠走。沉溺又萌生
您以銳利現實碾碎太初的抵達
生死置換。脆弱而降伏
那些聲聲虛實正叩摯著心尖的刺芒

河岸繫舟。身陷無日無月的孤獨引渡
喋喋禱示。這是心囊平原唯一的召喚
我暗自千夜添火曬滿少年胸口夕照
這是情事糾結的一場妖媚神話
像夢棲息。寫自己紛紛的死亡和愚蠢
像前世。犯戒囚禁悲苦靈魂的無著
那堪人情惘然。唯利擁抱這涉及的虛構世面

● 四季周年慶

1. 春醒

我們在春天額頭招蜂引蝶
準備為這季節打造一齣坦胸露背的慶典
設定雲雨之緣或剎那成永恆的一夜情
在秉燭月光下洄游於共譜幽會
幾聲鳥鳴。半碟私密晨曦
坐下聊聊三月花絮柳岸風塵裡的賦格
並且塗裝滑溜溜場景。紅和叢綠的況味
計量眼眸連綿不止的美麗眺望
像閱讀一頁頁人生如朝露的並茂輕盈

2. 夏鬧

汗水濕答答滑入股溝
搔癢成為一門形而下功課
您闖入盛夏。搭起夢的峽谷
把爭鳴和愛玉杏仁混搭成精選口感

像操場發光滋滋有聲的十七歲
滿溢著對峙和佔有的拾獲
那些銳利年齡輸贏以及放大盛唐的溫度
像隨身碟埋伏縱橫萬轉的競技
紀錄一見鍾情艷紅。以及夏日唇舌口碑

3.秋殤

大興土木的落葉。籬笆外有哭聲
彷彿秋決。彷彿小小聲的宋畫
我喜歡這古代風景的漫遊。複製
酒和楓樹。是誰收割這微駝夕日
靜靜等候這一帖喋喋不休的鄉愁
獨對青髮。攀杯成影的原顏秋色
孵夢人生。濃郁的八月啊
在巷子口遇見讀詩滿漲風月的鄭愁予

4.冬涉

十二月。季後節拍像語音信箱轉換
墨綠色擱淺在灰藍色的冷冷馴服
浪白在無國籍的海岸線走私
時間被切割成偷渡的一葉扁舟
獨釣雪。以及篝火狼煙的索尋
終年失修的風景。滿載近鄉情怯
歸雁。芒花草。空曠揭曉的晚冬
人在天涯。適合煮一壺不加糖的愛情
然後遙指踢踢躂躂的馬蹄聲而去

● 十三號碼頭

夜車恣意拉長歸鄉距離
南下柴油漫車騰空翻越二十多年眺望心事
從十三號碼頭繞過無數漂泊鄉愁航行
每步懸念都是心向遠方母土的膜拜叫喊

年少結結巴巴的曲折問路
高雄藍圖終究隆起一方停歇淨土
在屢次船行往返的漂浮座標
這裡成為守候遊子隸屬的堡壘掩體

不止一次在運補軍艦潛入夢的驚醒
想我那些流離七〇年代的奔流宿命
回家是一條用力嚷嚷的炊煙國境之路
像穿越烽火燻過的一腔聲響

曾經是依親靠岸的停泊港口
這邊和那邊都是千迴萬轉的族裔
時空今昔的手勢掀起銀翼亮點
抬頭露臉一架遠航悄悄在尚義機場滑落

● 我寫一首很長的詩

從桃園到台北的綿延篇幅
每一小時都是舞動路線
有時是意象中的謎題韻尾
有時是困淺在眼眸速度裡的形聲眉批
移動飛翔。世界潦草而閃閃繁複
其中有村落註腳有城市象形有不可及的遠方會意
正如火車呼咚咚叫喊起伏波浪的鄉愁
一站又一站的入境和出境
輾轉行進。眾聲句落喧囂
而我只是在車上傳簡訊問候您的過客
在擠壓位置練習搖晃的想像
在繁衍的窗外移植不斷傾斜的莫測
試圖攀越我們時間距離的泅泳
南下或北上。回到未來的今天
像一齣一齣錯過的旅人
靜靜穿梭在紅塵無聲的筆劃裡
此刻。月台閃爍著催迫的迴向凝視
此刻。站長為我補票前往細明體的方向
此刻。不眠的每一站我暗暗咀嚼人的風景
此刻。我聽到眾多議論紛紛的人生辯證
像邏輯學又像現象學的喃喃自語
黏膩而懊悶。在時辰輕輕囫侖的沉溺中翻閱
近景或藏溫江湖夢境的曠野
隨著鐵軌一節一節繁茂修辭章節中句讀
靠岸。台北。歸來的人一路繚繞誦朗端詳過的甦醒

● 返鄉途中

想念的心已隨著直線航程降落在機場
俯視穿越萬呎高空雲霧下的側臥島身
如鷹展翅御風飛翔的凝視眺望
專住且驚喜於窗口不斷打開的飄茫往事
像一齣齣即興演出的時間故事
在闖入海峽地圖的頻道翻開一頁頁字句秘境
岩礁岸攤掀起如裙襬浪白蕾絲邊
薄薄夕日正潛沉在海域胸懷撒嬌
繽紛蓊茂綠意勾勒如畫的山湖水色
遙遠傳說中的聚落村莊在比例放大裡醒來
想像這就是我父我母咀嚼衣食的鄉土
機身搖擺在島嶼邊緣輪廓
一幢幢落款在地平線的民房逐漸浮出眼前
近距離的夢境如此召喚時序多變的延伸成長
聆聽海風。聆聽木麻黃齊聲拂面的吹奏
遠方一尊尊風獅爺低吟顯靈為歸來的人默禱
撲鼻欲醉的酒香。滔滔喃喃發酵著鄉愁
此處相逢。盡是濃情埋伏的親情醞釀
想念的心已隨著直線航程降落在機場
那些行囊中滿載記憶的瞬間洩漏
阿嬌。阿平以及正露丸。好吃糖。防空洞
千萬個驚呼和歲月無處的喟嘆
那是某年初秋回家的一記沉重心事

夢時間

1.海潮翹起一座座碑坊

如我讀到一頁頁軌條砦被歷史醃乾的神話

2.一隻腳遺失在耕作荒原

沒有人知道高粱是如何長出魂魄活口

3.戰爭磨損

剩下一截截缺角的觀光景點

4.在一枚「金馬通行證」門前

我老是找不到回家的祖國

乾杯

詩籤十則

① 舌尖裡的迷途鄉愁

銷售量僅此在一個人的角落

② 托著自言自語的尾巴影子

一路超速的58ºc正為來世超渡

③ 酒是形聲會意的擦亮硬體

豪情乾杯是千古流傳的一闕擄獲軟體

④ 七分醉是翻騰脈動的反對黨

三分醉是意識形態的容許承受

⑤ 伊媚兒給釀酒的師父們

記得用最好心情揭開最醇香的商機

⑥ 孤獨和酒的囤積

在量販店有許多過期的阮藉

⑦ 空酒瓶剩一張半闔嘴舌

咀嚼諸多的逗點和刪節號的喧囂

⑧ 附身顯靈的洶洶臉書

所有的我愛您絮語蘸滿無聲酒味

⑨ 舞者身影有三瓶酒容量

像狂草打造一帖帖的閱讀率

⑩ 下載杜康下載撈月裡的形而上

三五句醉意就轉型成一樁歷史的論辯

以酒之名的島嶼

九則

1\. 粒粒高粱爆開的笑聲
在喉底深淵釀造一個盛世
像我途經58度C酒香深藏的密碼
烙下燈火黝暗孤飲的繾綣
一如鄉愁飽滿受困裸露的木訥

2\. 天泉甘液。永生島嶼的神靈
先輩第一口章句的庇護。點閱
眉批高粱與水的創世能量
並且循向天地人的運行還魂
醞釀酒的漫生身形胚胎

3\. 家是小小空酒瓶
一公尺的柔軟天涯
像我歸程步履場景
歪歪斜斜撥開沉溺的心事
列印酒精過多的濃稠靜默

4\. 滿山遍野的出土酒味
預告高粱懷孕的生命繁衍
整座島嶼。在忙碌接生氛圍中
村舍巷弄蔓延醉與醒的隱私
那是釀酒人不慎吐出的詞藻秘方

5.一杯高粱容量剛巧適合一個人的皈依
七分醉是李白。三分醉是入世
那些頻頻回眸的鄉愁有太濃的酒意
偶爾吐出的夢以及喃喃語彙
像秘密中我們醃漬出酵的破綻

6.醉後小步。足以拓印一首詩
來回踱履的狼藉身姿
像草書潑墨遺漬。回音盪動
一滴滴心旌中的滄浪起伏
沉默穿越塗亮的渴望。安撫和沉浸

7.酒是動詞。自言自語的下墜
像旁若無人的時光倒敘
叫喊離題翻動的自己
把旱季胸口滴滴淋滿潮春
然後擎起霧的眺望

8.狂飲。迷航於咄咄吮盡
陳高和鄉愁的華麗濤聲
在舌尖駐守。瞄準
在一次次回鄉囤積遺失中崩潰
那是孤獨景色最美的姿勢

9.一座島。一壺酒
一個人的癲狂和放逐
像不渝的愛和罪
像迷途殉情儀式的灼灼風華
我親吻這淨土藏身的優美早課

抽屜房間

散文詩

第一個抽屜：

一隻白鴿啄走時間後。從抽屜裂縫飛翔而去。留下空無混沌和稀薄的決定。一些無法決定的自己。例如身分。出土時辰。以及過度甜蜜的呵護。鏽壞的髮針。衰老荒廢的明信片。異鄉小飾品。埋入窟窿黑暗的居室。餵養受寵靈魂。在自己的位置找到安頓夢想。

第二個抽屜：

彼此交換逃亡。只留下掌心離席的褶痕。艷麗與滄桑。都是繽紛過往。這抽屜藏有近距離的故事。五號香水和私密肌膚。屑以及毛髮以及念舊的喜悅。像一首詩。囚禁著後宮糖分。甜和苦。自言自語的輝煌。我只聽到一句李後主的噓聲。

第三個抽屜：

空間漸次成點狀。小小的闖入。一些嘆息和脂粉掉落的吵雜。像很老的收藏。大量沉默。倒退。忍受秘密的醞釀。一個無法打開的抽屜。

第四個抽屜：

不眠長夜。晴日失聯。荒世裡的囚室。像叢林乾涸迷失的鷹。碰撞。低鳴。築巢的羽翼如雲。三公克的夢和七呎天涯駐紮。小小界址。沒有前方。沒有距離。墜鍊。手鐲姿展著喘喘呼吸。拓印著不斷被竊走的記憶。

第五個抽屜：

在郵戳邊境邂逅。日落前您已化約成一紙的承諾。我撫摸您潺潺回聲。在美學與溫度之間。在神和禁忌之間。一枚燃燒回歸愛的漂流。小陶。器工。非感官的。在靠近靈魂的私處。撩動貴氣。並且懂得謙卑。依偎在主人的護身裡。

第六個抽屜：

簡單。素雅。綻放釉的氣度和斟滿。小小瓷皿。我暱稱為妾。在後宮稀薄。穿戴孤獨。情境彷彿沒有天空的雲朵。靠人供養。二〇〇九年。這款回首的釉瓷。敘述我在大阪扮演的狂熱份子。憐愛與情緒的沸揚。佔為己有。悄悄宣佈這是一樁美麗的買賣。

第七個抽屜：

充斥著逃亡的腳跡。像低吟輓歌。夢溢出想像之外。擺設的彈殼。編號。泣血。收納成高溫的記憶。小小鳥。小小海。島和海一起收藏。小心。隨時將會引爆的情緒。像烽火。像用罄的一顆夕日。黑的謬誤。在島嶼邊緣。

第八個抽屜：

溫馴聽話的火燄。暗自點燃。一撮小光的寂亮。在靠岸放生的一枚胸飾聽到鍛造投胎。豢養與庇祐。手工純情。靈魂的形態。像愛人穿射的眼瞳。看見傾訴的輝煌。來自土耳其市鎮小販的精緻手藝。無華。任性。極富東方禪味。我小心翼翼把這枚胸飾墜鍊藏在入世的小小方位。那年。二〇〇八年。初秋

第九個抽屜：

一堆非對稱的排列擺設。一次又一次無禮的撞見。像被撿回家不堪的穢物。用剩的白鉛筆。小記事本。誠品買回來的時鐘。古幣。菸灰缸。以及自律神經失調的海邊貝殼。一些參雜形而下的流行。集中營的收納禁閉。像害病的蟲。不安的孤獨。他們和他們在等待世界的黎明。

第十個抽屜：

平凡的願望。他們努力的交出名字。脫下身體。想成為獨立的國。並且揭穿一些些命運。在解體後的俄羅斯有眾多嬌柔的娃娃。她們被遣送他鄉的第十個抽屜。二〇〇六年。我把俄羅斯娃娃養大。安置。並且給予信仰和血統。然後編號。然後複製。然後轉換地球頻道。安居在自己的祖國裡。

第十一個抽屜：

空下來的日夜。逾越道德的低溫。讓不存在成為存在。讓虛成為實。我一次次準確的把心放在這小小空間。一個人。一種主義。像出家人。靜修妄為。安撫喧囂的心。我努力的模擬佛主。在流竄的紅塵中找清明・找遠方。找自己。

第十二個抽屜：

很長的旅程。整個抽屜都是爬山越嶺的絲路。前面是關山風月。後面是蒼茫的遼闊。進或退都是一輩子的路。我在平行的天空看見鋪設的人世。一路上我買下歷史儀器的風霜雷雨。買下絲路行者的青灰塗炭。買下曠野蒼鬱的沉默。買下黑暗中的字粒。我讀出哭聲。輕輕的把我淋濕背影折疊成咚咚的篝火。放在沒有地址投遞的召喚場景。

老友

我在島上想您
小時候童伴。會讀書的那種人
憨厚沒有心機。直直個性
用閩南語問候我的好朋友
不抽菸。不罵髒話。不喝酒
一肚子只裝學問和家計
他喜歡住在鄉下村莊
人親土親。這裡是血濃於水的點亮
退休後他善盡志工熱血為村里鄰服務
他用教職的虔誠繼續走平靜的下一站
多年不見。我們以友情敘舊
把時間虛線拉回親近的縫整
那些烤地瓜躲防空洞的日子
像泊在洶湧的港灣。凝視遠方
一晃三十年的抵達。各有人生

●小絕句

❶ 燈火

最暗的光靠近上帝
在兩個詞中間
我聽到活的聲泣

❷ 一杯酌

移開一個唐朝
豪飲剩下月光

❸ 後視境

很多人和物集體後退。消毀
只有時間往前奔逃
歪歪斜斜的天空。地和風景
不斷以虛設求證永恆
不斷以高攀詮釋卑微

❹ 廟

上半身是天堂
下半身是地獄
我們終其一生在找另一個自己

❺ 偽政權

1加五等於五是偽政權

❻ 夜讀離騷

摸不到痛。只有蟲鳴和一尺的夢
我們的答問剩不堪的書寫
再往前走就是放逐。五月
潔淨的夜。黑暗的一幢詞
一隻孤鳥將月光燃點在汨羅江

三月

小山路野花盛宴。蔓生
回音漣漪。聽見酒香粒子
夢的兩側是臍帶海拔
我在一方春天。駐訪
聽風。聽鳥蟲奏鳴展翅
並且甦醒的摘下一朵青雲
裝點墳前母親坏土
親愛的三月。淚和霧
單音節腳印。我在島上
一字一字攀爬痙攣而滂沱的親情
像老時間裡的燭火。扣擊燃亮
我經過。許多未被命名的想念
炊煙以及耕稼以及神龕香火
惘惘過去。祖靈和四季穀場
有一望無際的讀寫繪本
像鼾聲。失速而耽溺
我說。啊。親愛的三月
鄉愁和海濤詠嘆
一勺深藍。昨日匆匆
我獨步芒草山頭眺望。翻閱
空屋。以及存封的雨季
親愛的三月。我在島上

缺席者（散文詩）

筆尖托著傾斜字跡。形象裡彷彿有您最初魂靈。一疋的鴻爪鈐印。閃閃點亮。我知道再繼續動筆稍染。您將無法投胎。每個字的牽念都是紅塵糾纏的掛圭。您試圖以蝶身轉世。拈花釀蜜。為我飛舞滿庭芳香。綻放我們一生堆砌的序幕。如此。您進住我吐露的字海。平平仄仄都是您謄寫的章節。而我將重抄履及薄冰的遐想。放在我私房冊頁裡。反覆讀著您。聆聽還魂的拍翅聲。

我煮字療饑的行程必然有您孤影伴走杳音。一生一日。各自宿業。您我悵然而涕的是未修完的人間習題。像一冊佚名的詩集。焚著檀香。您是佛。您是未完的花香。在一個人的風景。在空腹時間內頁。泛黃紙翼濃縮。滴下的墨液。唯您能懂。化為歸宿。字字雷鳴。像梧桐三月。深鎖的叩擊。迢迢不知所止。而火光依是熠熠閃著您晴朗容顏。碧海風濤。您已在我書寫的荒野幽幽成了碑坊。那是巨大的遠方。像一帖藥方。

如有一日我死亡。我將擇取最美的字句火化。裊裊滑入您浩瀚水湄。希冀成為我們的雲朵。留下花季給花季。留下滄海給滄海。九月。秋寒。落葉卷軸裡的空白。適合填寫您的遺懷和無心。許多獨處日子。是一種雋永和呼喚。醉過眼眸。盡是蒼涼手勢。黑和哆嗦。我們的初次。一堆瘦金體身影。彷彿近處又飄遠。那是時間銹壞的不堪。告別。我以嘀咕字聲句句匍匐。句句告白。鬢已蒼蒼。人生八荒九垓如何還原一滴水露。我思索。

● 阿娘與時間

阿娘不止一次問我
現在幾點
時間一直在她身上開玩笑
每次答覆都像一次的死亡
我仍然告訴阿娘
現在是午夜三點三十分
阿娘清醒的把手錶倒懸瞄一瞄
彷彿一切剩下抑揚頓挫的變調韻尾
滴嗒滴嗒繞著阿娘身世鑿坑挖洞
病情中的阿娘仍然相信時間會等她
像熟悉呼喚的母音拼讀安頓的歲月紋理
七十歲的阿娘忽然變成九十歲的老婆婆
其中這些時間藏在那裏
是否被擠壓成另一種人生風景
然而阿娘一直對著時間懷疑
甚至不再相信時間是唯一真理
但我依然聽見龐大時間在宇宙律推移輪迴
而且聽見阿娘腔調加速的混淆而疲困
直到九十八歲她再次問我
時間長的什麼樣子
時間會不會停下來
此刻阿娘傾斜唇舌已緩緩的在時間領土被佔據
此刻阿娘終於洞悉時間是一座永恆的碑

註：阿娘即母親

的文化底蘊孕育不同生命性格。啊。巴黎場景。剪接一格格回憶。適合收藏。適合放下。適合我自己的明天。

〈三〉荷蘭小鎮

荷蘭是親水詠水的國度。用水治國。臨水人生。虛與實。傳承天地造景大美。小徑通達。綠意叢生。鄉間村屋構築其中。像入禪修定後的自如。人間仙境。水草鳥叫。共生共存有盛開的入世喜悅。如一幀霧濕的宋畫。重返小鎮。春暖花放。曦日和夕陽。我再次揣想風景裡的奇景幻覺。一如畫家揮筆設色的變化和穿射。

此刻。我向日暮中覓得梵谷夕艷筆觸。像畫冊頁頁裡的再生。轟轟然的生命化成永恆。靈魂飛揚。展示藝術家的光暈。一如維梅爾和林布蘭特。讓世人有美的信仰。讓荷蘭人有驕傲的存活方式。寧靜。安適。壯美。心的遠方。每處可及的風景都是小小的放縱。

〈四〉大阪

冷霜風雪。投宿在一夜櫻花爭辯的細語裡。室內寂寂像陳列極簡主義元素中的虛與實。無有之間是一種禪問。脫鞋入室。把行囊安置在沉靜的角落。窗外是浩瀚的太平洋。垂手可掬大海中的小泡沫。像握有虛擬世界。不夠真實。還是退回生命的本質。一如村上春樹字句裡的小寫。美得出血。一個人的風景。奢華擁有。這般夢的場址。真幸福。

這裡是日本。「國境之南，太陽之西」。晚冬。有雪燃燒。有孤獨養育。在白皚皚的雪堆裡透視人間。唯白大氣止境。聖潔。驚魄。蕭瑟。屋瓦牆垣布滿灰黑手漬。像二手書冊裡的歷史沉澱。有滄桑的甦醒。我看見時間一念之間的許多轉換。醒和酣眠之間。生死剎那的壯烈。雪是火種。芥川龍之介。三島由紀夫。把生命的長度拉遠。更遠。我在雪白飛白中目睹精魂氣血的壯闊。這是日本。這是我心儀入境的國度。

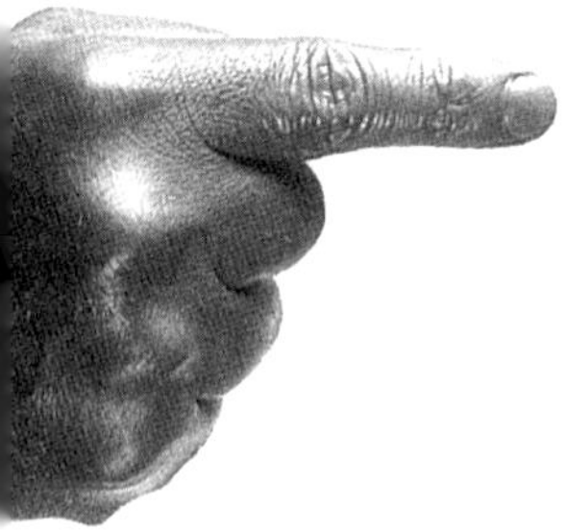

● 出走 四帖散文詩

〈一〉布拉格

在查理士橋上。我試圖撿回一抹倒影的自己。風浪清明。心或情緒湧動。浮生倒退。距離中都是燃燒的美景。一如那些橋影搬動的歷史細節。關於一頁頁布拉格春天裡的壯烈和嘆息。在浪海裡安頓和不斷的出走。

河海浮游。岸邊石牆。藝術文學嵌成的視覺背景。一座座古典風華砌築而成的老城市，座落在我視野前方。布拉格。繁華的生活劇場。浪漫而閒適。街坊小巷拼貼幾分出世入禪的豪華。這裡像極了畫家們留下的手漬筆觸。氣息出靜。林蔭清涼。街道兩旁。咖啡館。小酒店。名牌坊。樓牆高聳。容身其間。有詩有夢的投奔。我獨鍾這裡的活氣。美麗。沉寂。像一首老歌。日日月月我永調人生裡的永遠靜好。

〈二〉巴黎

奢糜而優雅。我喜歡巴黎頹廢生趣的揮霍。一生必須有一次投注這翻身浪漫的棲息。老日子老靈魂的街弄暗巷烙出人生百態的浮水印。旅人的故事漫延成詩或小說的意象。就像我在小酒館撥弄著詞彙裡破空的心事。

左岸花神咖啡館。卓別林。畢卡索。海明威以及沙特存在主義的發祥地。他們在每滴的咖啡留下靜靜的靈魂。回聲。甚至議題。整個秋冬。我們共生如此絕美的繽紛。落葉。老街。時尚。塞納河美好而夢幻。像巴黎眾多的美術館。啟蒙一個時代的輝煌和謙卑。從蒙馬特廣場到凡爾賽宮。不同

一切在行過之間

行過靜寂。小徑碎葉暗啞
具體而奇幻。聽者悽悽入夢
彷若斷句獨裁裡的負載
有人告知這是秋色血統訊息
風一吹就一年。年年輪迴
就像老伯背影掉下的大片歲月
沒有規則。是命數複雜裡的人間

我在其中。練習生死
一路記憶。打開風景
此刻。熟悉高粱。老屋以及鄉音
一齣齣靜止繪本
沉默。像被拆除的歷史座標
我繼續捕捉。遠方
日落後。我們又重返安心的童年

聽說。您在楓紅低吟的季節部落
您編織自己的故事
灌溉筆墨。三畝久廢的田
塗改戰役。並且記載土地體溫
您回到獨行的江湖
一個人。島嶼祖國
在遍地時光征服下。溫馴而初老

回鄉。巷口看見一攤昨日
像迷路一村又一村的遺失
想想人生。種植與收割之間
彷彿針線縫補的重建藍圖
親情。只是一張照片的相遇
庭影月色。山外山。海中海
時間旅行。剩下屋內閃閃的一盞燈火

走過

整個下午
巷口只有拉長的影子
像昨天一樣
在破衫衣角的口袋中
赤貧著一張臉

腳底鑲著厚厚的繭
耕犁圈繞的一生
削薄的乳名薄薄的沾有鬱鬱泥香
那些遠方靜默的麥子
是否足夠一季的放生

島嶼膚髮近親
海濱鄒魯遍地有日曬史冊
守禦和屯戍的邊境經緯
我們避禍動線的行徑
開疆闢土盡是天地大美的藍圖

仰角幽冷擎立的燕尾
舉向煙硝混亂的天空
所有屋瓦用來抵禦紛紛墜落的星夜
所有斷垣殘壁用來見證流離遷徙
更遠更遠的無數村落漫延著烽火脈搏

金屬貫穿的哀嚎和痙攣
戰事糾結的僵冷荒年
血以及夭亡骨肉記憶
歷史仇恨悄悄煉造成典雅菜刀

走過親情肥沃島土
古厝脈絡彷若醒著的一方淨土
如煙往事的固守金湯繚繞翻閱
彷彿酒聲滑下釀著的湧動鄉愁

窗外

雨在哭。窗外的老年代
革命和一朵朵帶刺庇護的玫瑰
歷史鑼鼓。燃燒夢的記憶
離開或者坐困駐居
星羅棋布的在廣場演示人世場域
主義與浪漫。漂浮激越
靈魂荒景。混合信仰聲音
長長牯嶺街種植茂盛左派
新公園堆滿空酒瓶和鼾聲
書頁之外。我們吶喊混血搖滾

小小台灣意識的對撞和甦醒
島嶼巷弄。懷裡有陳映真以及多數的楊逵
穿過黑夜。失語的真理雷鳴翻騰
手稿墨漬未乾。隆隆序曲著火
那些掄筆胸膛起浮動魄的繼承
我們沿著理想的萌芽杜撰閃亮情節
中山北路像一部寫壞的小說
典故與囈語妥協
明星咖啡屋重返客體文化發言
殷海光與黃春明撐著雲層狂瀉裡的月光
我們在硝煙如霧的杯底找到位置
我們擱淺在詩詞意象中眺望
那些年。那些遙遠而生澀的乾坤流轉
禁書和佈滿戒嚴的流亡覺知
如此撼動的回答力量
我們習以為常的存活下來
像晴朗的天氣。一株土壤的小蕊
在光影傾斜的日照喘息。重返
滿載筆劃回音。觀點
聽身世風雨描述。書寫和歸位
諸多辯證。日子緩緩裡的空境
繼續行履。繼續清唱。繼續建構

● 台北四號公寓

台北角落裡的一幢宅房
沒有名字。裸著三坪斑駁界址
一個人。一個身後的收妥。召喚
很像瞭望故鄉的形狀
他遲遲步跡介於哲學與線索之中
他飽滿語言都在舌尖蒸騰。灼煉
他把整個自己塞滿搖晃屋內
像讀一冊胖胖簇擁的現象學
行止間剩下逗點和小小喘息
他反覆裁量真理和命運尺度關係
並且從鏡底窺見一齣齣人生倒影
他很單純。他只想看看波赫士的長度
甚至想聽從門縫外出走的羅蘭巴特
他試著大聲朗讀個人研擬的一帖身世
那些看不見的脆弱。傷痕和劫掠
他幻想牆腳裡的字粒能長出春天
並且給一扇窗。一些遠方的雲朵
甚或希望能目視禿鷹飛翔姿勢
給一次更新的美麗世界
他一直被囚禁在時間牢籠裡
他沒有祖國。沒有繁衍
他所有生命回覆只是三兩行詩句裡的叫喊
他囫圇吞下自己摘下的喑啞。孤獨
他渾身揮霍的都是一些小小的矜持
像左派。滂沱而浪漫而自絕
二〇一二年冬。台北角落裡的一幢宅房
一個人。一個身後的收妥。召喚

戰事記痕

①牆壁

一個家一個家的流浪
一面牆一面牆的出走
大片大片心事廝磨。獨白
蹣跚剝落的晴朗風霜
像水墨。更像人的滄桑
記憶崩斜。夢以及潛意識
我不止一次列印這瀝乾的顛沛
那些痛。出血的畫卷藍圖
在島嶼背脊日夜咳出大量的記憶。命運

②
碉堡

血肉複製砲聲
許多的忠黨愛國要用完千萬具身軀贖回
我們的存活率必須越過一顆一顆的子彈
我們低空掠過無數腥味的死亡
我們躲在恐懼燎原統治下的地底窟窿
聽截去的陽光。以及倖存者的沉默
在層層水泥構築的家
鋪設一冊又一冊歷史耳聾的戳記

③
標語

一個字一個字的燃燒。鼓動
在村落。在戰域。在曝曬的偽證唇舌裡
像刺青。烙灼成真的夢想囈語
一如高空繁星喧囂。我們無言
每句的欽點叫喊都來自霸權招示
除了愛國。除了消滅敵人。您的字典都是逃脫
您腦子馳騁著巍巍見證的一黨一國詞彙
並且植入雲霄。附身激昂的掠奪情操
於是。我們愚昧的把文字包裝成絢麗的春天

療癒

致辛波絲卡

越過邊境。直達祖國倖免的字彙
瘖啞喉音辨認玄祕詞性
您身上的最後一行詩。虛實如宇宙
在通往符號和陡頓升況的手勢
無形或無聲。我叩問這遽爾生滅
虛字裡的傳承。啟齒朗讀
請給予探求的意義以及此刻人間必要的格律
並且指認經典無礙的新句
容我歸位的詮釋。甲冑上猶有一滴雨露
像不經意的標點。堅持吟詠您美麗的曠野

我畫 我存在

黑黑層層的疆界。栽種意象
埋進作品世界裡的觸動線索
將形色成無形鋪蓋的寓言或告示
一些張狂。一些必要的開啟
像風乾後筆觸底下。有血
像大片荒田。墾植著典故或美學
以及一畝一畝風月呼吸裡的靈魂
在繽紛孤獨中。展示思緒
調子和風格將形塑內在回聲的語錄
畫無有對錯。畫是自己的寂寞
像靜靜的一種主義
像童心揮毫的快樂和獨裁
一切形體之外。唯我和潔淨
艷麗以及市場一一退出
心的富饒。自我生命中的救贖
在於畫布撐起噤聲。真理
而後滔滔立碑。而後存在
那些筆墨知識裡的攀升進行
我看見龐大生命的構成和領域
從草圖圍籬外鋪展延伸
一個我的翻騰。深透而茁長

不俗的他者

● 在您的作品裡遇到我的遭遇
在荒廢蒙塵的意象碰到久違的自己
屈服的腰脊。我血肉不規則的陷入
一公尺的字間節奏。在世俗吆喝下磨合
而您操守偏執主流外的標竿起義
敲醒幽微優雅藏匿中的張狂血腥風雨
您用美學語法和孤絕結構鋪示人生
您寫情寫恨寫召喚回來的鞭策真理
像我喜歡的那些錘鍊琢磨後的星光
像穿透深淵仍然能觸摸的靈魂
一切語境渾然忘我埋在頁頁情結裡
正如在您的篇幅讀到參與您的個性和主義
您持續在體制疆場外揮灑文字信仰
像剝去的洋蔥。層層的苦
像陽光在黑暗打開小小的名字
荒城中的身世。一筆一句濕冷的窺探
您全燃火花有戰甲堅韌的脾心
字字哭聲。在豐饒遍地謬思亂世裡生辰

咖啡館●風景

①咖啡館的容量剛巧適合一個人的孤獨
放縱和揮霍可以任意的消費
其餘的。窮和革命份子不加價

②誰能在杯底醞釀一則波赫士
在沒有英雄的時代
這裡剩下詩和一杯濃度很深的身分咖啡

③您煮沸的咖啡有動盪味道
像您喜歡聞的那種獨裁肉桂
您抿著嘴墜入吸吮的想像
想像這是幸福的行業

④街角窗口
黑暗中擦亮一盞過境記憶
少量的火。以及不加糖的咖啡
我和我們那些年代
許多陌生的名字叮叮咚咚的就被喚醒

⑤接近神和巴哈的呼吸
循向一杯咖啡釀造的掩護
直直走。您偏愛的口味旅程
左派以及吻以及脆弱

⑥這裡是酗咖啡的基地
我們以半價販售寂寞和烏托邦
適合繼續流亡的人

答問

一屋子的主義
頭顱和搓洗後的文字沼澤
我叩問其間的孤寂回應
艾略特的招魂處境穿越
以及卡夫卡救世捕捉的荒誕填寫
一切的一切像孩子的夢的顯影
守候純真和認知意義
並對世界敲響存在病症警鐘
在瀰漫困境的人心蛻變中
我近乎想像這是一場越獄革命
有火有足夠的真理狀態
如此在被拆解的砌築高台下
我走進文體黑暗的窟窿
看見龐大市場的童話遊戲正在進行
那些頹廢的人文來世踏步
我害怕我們編纂矯情惶恐的語言
正朝向知識集體消費騰空的自己

● 時間進行式

生命在時間鳴叫中不斷被遭竊
起初我們並不為意的談論青春壯志的進行
並且大膽向人世風月索取狂猸征伐
這是美好秩序的進化和傳承認知
而一切彷彿像睡眠者的夢航入大海
五十年或更多的人生都是時間的贗品
我們來自永恆的虛與實奧秘裡
相信受苦的來日會在夢魂中過去
在這荒涼世界裡他相信幻覺會超越存在
而存在虛擬在大片浩瀚的未知裡
活著像一齣默劇靜靜的被召喚替轉
正如他被困在秒針與分針的宇宙觀
他忙著分解和發現眾多的隱喻黑洞
他學習認真複製他者的一切
他遵從失眠者的體制和社會現象認同
他實踐做為人的最初以及最終的現實主義
他打開自己給膠囊似的時間進出穿梭
他把所有的毛髮和靈魂和肉體給支解
給那些索求無邊無際的甜蜜死亡
像習慣睡覺的表情而走入掏空的無有
像母親疾疾幽冥避世的結束負重一生
在現實的生物氣息剩下依然故我的時間

鄉學

① 酒夜

沒有部首的夜。喉底遼闊
一半身世有酒大滌
您問。月光醉影何以成詩
杯下嘶鳴一如年少豪飲
千古寂實。啊。三兩杯過境
時光釀的老。老了。我們
蟄雷夢醒。夜夜都是您的呼嘯
乾杯。58度C之上將盡酒
我們真情的唯心。不醉不歸

② 聽歌

漫漫寧靜的穿翅。字字原野
即興音符綻開滾燙夢境
鄉關呢喃。歌的漆黑有光
那人。把音聲咀嚼如一疋天衣
像時間滴下的濃霧
一行行鄉愁契合生死。清明開落
自浯江胸廓海口流淌
涓涓身世。您空際迴旋的靈魂彈奏
唇音天湧。鑑入迢迢太虛回聲

③ 茶敘

一蝶東籬。燕尾簷下有人
寂靜合掌為茶身找姓氏
唇浪瘦瘦入喉。聲音嶙峋
滿室是從容胸臆的朝露
時序冬夜。故鄉不眠
杯中如何壯闊。您無言
這因緣以老友釀成的江湖
我們築月為燈。途經東方美人暗香
在家園門庭煮沸一壺湛湛水色

④ 落宿

礎石為界。一棟時間鑿刻的屋脊
有幽幽沉重的黑和歷史
粉妝氤氳。揭示三合院再造風華
旅人縱身落宿的衣饗迴響
一簾窗夢。自暗夜紅燭燃點
貢糖。酒。以及款款向晚的行囊安置
那多事主人回眸一瞬的笑燦
問您。島嶼桃花源的密語是什麼
是日已去。記得明年再來

金門印象 四帖

1. 金城老街

掠過時間啄破的殘篇街坊
端坐定位在歸屬排列參差中
完整結構的紅磚簷下聽到典故渾沌吐吶
剛柔並濟依是風骨心跳的柴門穿越
像孤寒文本化為廊下蝶翼雙飛而回首
殘存徒降的歷史染過諸多眼瞳意象
已頹蕭索的二舅甘仔店和百年風月存德中藥房
像掛在胸次展讀舒卷的一則日影
搏動傾斜鄉愁以及信仰承載的皈依
我循著交錯古調閒情步履回應
在一幢幢老舊小屋感性與理性間叩問
這必然是記憶喘息中最壯闊的親情

2. 古寧頭戰史館

縮小版的隱形戰爭景觀
將水火不容的生死擲回無夢淵藪
在斷垣失身中論述生命現象
沒有血和淚嘶殺現場裡構築失重的故事
我們把烽火歷史收集在一隅角落
供膜拜和悼念亡魂初衷虛位
論英雄時運都是一場錯誤荒謬情節
冷眼回望那些塗炭於九皋深處的蒼生
如此冤魂停放在一排排沉默時間裡

諸多陳列往事已成為觀光客唇舌間論辯的笑話
在導遊滔滔口沫中我們悄悄讀完一頁島嶼近代史

3.太武山海印寺

沿著綠蔭山壁梵聲迴繞而上
想著佛陀心事緘默度化蒼生大德
未能及的俗世座落或有或無生滅
像我鎖定的南方峰頂生煙復活
途徑石階有僧者足履的落款佛印
彷若軸卷辭彙縮寫的心經禱詞
悠悠潤溼在興衰起伏紅塵人世
此身島嶼唯一寄託的膜拜聖地
在香火裊裊護佑下祈祝族裔福祉

4.金門高粱酒廠

從一帖老配方的深井挖出蔓生酒味
翻閱島嶼龍脈泉水的第一頁
冥冥中有濃烈歲月屢次醞釀
獨一無二地底人間美味的液態節奏
在天地乾坤窖藏著一樁樁發酵心事
我們記起那些聖者先賢的煉火採摘辛勞
將貧瘠高粱繁茂成滴滴甘汁流影
讓乾澀唇舌溢滿脂肪露水
讓經濟命脈促長島上諸多建設召喚

一切都在離開之中

離開與重返。一個我
在直線型的疆址漂移延伸
揭開陌生。飽滿的名字
那邊有山有海。以及軟弱
以及老掉牙的雄壯愛國歌曲
獨裁的孤寂。禁錮
我喜歡島上美麗的小句
幸福繁衍。綠影滂沱
木麻黃搖曳彈奏的弦音迴繞
或想像的童年符碼裂痕
咫尺天涯展示。擦身而過的矜持
例如家的知識意象。關係冷暖
一個人。我潦草步伐列印
花崗石和田畝。記憶紋理
沿途風景像作業簿裡的字跡
我。只是一枚遺失的他者
延續。無法承載超重身份
故鄉是異鄉。自己是自己的寂寞
空洞眼神滿滿是蛻變後的指涉
那些分泌的潮浪。軟的語句
在門庭生苔。鏽去
像心的荒境敲碎。空白
像我和我們之間。一樁懸案
如不設防的問候。您好嗎
這島嶼愈來愈抽象。愈來愈討喜
像旋轉的安徒生
我逐頁闖入自己的故事
祭典之外。還有炊煙和軌條砦的旅行
光陰偷渡。無味無聲
我又回到這居所。不繫之舟
關於理性與感性引發的愛和困窘

市聲，

捷運站七號出口。很甜的部位
城市鼓鼓腹部。腫脹而碩大
一種存在的急迫。咀嚼。溢滿
磨磨蹭噌。柔軟腳趾忙著察覺
吭吸和喘氣。眼瞳迫視恢恢的時空藍圖
蜂湧身影都是艷麗的詞藻題示
我讀人的風景以及城市展翅密碼
巷和弄像被打開的抽屜
擺放心情。胭脂和高語境的寂寞
唯美。世故。資本主義裡的溫情說服之間
我聽見沉重的頭顱理論
那些對折再對折的現實叫販
讓陌生可以成為最親密的交易
讓華麗腔調可以成為我們共同新興語彙
迫近而哨吶的愛與恨。在肚臍眼的階梯
我們裝飾幸福。偽造承諾
在高聳大樓編寫神與獸出沒故事
那些都會豐碩體型。像心跳。像傅柯
我們沿著虛線傾軋。倖存者出走
覓覓尋尋我們多種分泌叫喊的市聲

形駭七號

您緘默。時間恢恢鑿空的自己
二〇七病房窟窿的委身界址
您反覆咀嚼每夜每句呼痛的韻律
在苦苦低鳴的軟弱慢慢混濁。沉澱
您聽到每顆藥丸融解在脈管河流裡的衝擊
一個轉身像一次挖空地底的工程
您觸摸到無常無解生命暗喻裡的傾斜
靈魂與肉體不斷拉拆成曲解的形上學
像刀口面對涉世未深的安靜降伏
亡命偏安。像牧者無法攀越的迢迢峯頂
您已經失眠很久。連夢都是齊克果
點滴緩緩在探索生命繚繞煙雲的謎題
關於明天。心跳和存在主義的誦讀辯證
那些無意識的毛髮。器官以及失衡的神諭
水火之間。您必須知道倖存者的處方
除了死亡。心念座標輝煌的內部燃燒
天地宇宙論的必然法則。公式和抄襲
所以痛。所以病。所以在近乎觸碰的黑暗指縫
您緘默。您看見窗口一抹轉換的微光
像詩。擦亮咒語詞藻裡的混濁對話

低調

島嶼冬眠。彼此藏匿
陸地與陸地之間走失
低啞的呼吸。母親遠別
我們經過村莊。庭院
添加柴火。炊煙
沿著記憶部位燃燒
找到獸蹄以及咳嗽音色
一斤七角的高麗菜。傷口處
有淚。整個年代就空空的傾斜

練習成為台北人的賦格

我夢見我是台北人
上半身太政治。下半身暗色油亮
行為舉止過於精雕細琢
喜歡星期五。練習品味
崇尚私密療法和一行的榮格
修剪身段。投入適合掌故
在小小色情裡縱容心肺擴張
並且優游於黃金比例教養和索求

我夢見我是台北人
棲身在八樓屋頂上的鐵皮屋
抬頭就可以摘下可口雲朵
俯首滿滿是資本主義浸泡過的眼神
我安於貧困。收集口沫橫飛的三餐
在城市高海拔尾端讀人生
消化寂寞。用夢想餵養卑微的偉大
學習共體時艱的最高產業療癒

島嶼秋聲

循往季候陳設的秋色胸口
十一月。棲息召喚的美麗傳說
濕地公園。小圖書館和可預覽共鳴景觀
如同我搖曳的詩在島嶼扉頁塗斐
枝椏叢伸。遍地洋溢鼓燦故事
空氣酥甜而幸福而重生
紅花綠葉簇簇自地底冒出。歌唱。歡悅
我們魚貫入列在故鄉層層體溫裡
寵愛。彷若踩著童話情節裡的夢土行旅
採蛤。潮汐。隨候鳥飛翔叫醒天空
無垠白沙岸旁。盪開一頁一頁浪語
喝口陽光。這裡適合迷路。適合放下
那些彈殼。海浪和民宿重寫戰場後跌宕裡的私語
一切指涉。鐐銬以及耳語都是失眠歷史
像我仰望澎湃的一抹鏗鏘繪影
太武山。碉堡。甦醒而沉重的一則腳本
以及江水啊。夜夜朗讀記憶容顏的母河
像一碗地瓜香。像小小親情
如此藏身島嶼懷抱中的暖意溫情
探索。追問。這般盛開過經緯人文
正如高粱翻身舞動的掌聲
正如老農赤腳走過的山田歲月
躍升或虛擲。十一月。停泊的航線
我彷彿聽到秋天正為這島嶼敲落夐遼壯麗的臉書

荒原

● 一個人。一杯咖啡
世界剩下窗外那些忙碌的腳趾
此刻。我擅自想著自己的幸福
聽著惠妮・休斯頓生前的高吭嗓音
想像嘹亮的人生飛揚。勇氣
忘記孤寂。忘記宿命。忘記人間的恐懼
一個人。一杯咖啡
我讀著漫溢意象堆疊的手抄詩
試圖成為字句滄海中的遊魂
記憶陳年再次重生的崎嶇底層
渡海。他鄉時空的錯置流淌
以及行履落葉遍地的街坊。田野
穿梭七〇年代牯嶺街高懸的禁書背影
湧現任性與身體摸索的變遷
像街頭怔忡的言情小說少年
在千轉柔腸的眾生搖晃中
承諾絕美詠唱。李雙澤和「流水年華」
啜泣迷航的青春期。憂鬱正藍
那些民歌微微顫動藏私
許多人生。浪漫與寫實。五味雜陳的縱橫歲月
我選擇通往煉達的普羅浮世
淚與笑。故事裡的陰晴圓缺
一一賦別。都因時間歸於西風剪燭的荒原

人生風月

存在時間斜角的俯視角落
我私語狀態是一種冥想的禪
我步蹄出走粘黏一帖索引的入世風月
重山青綠裸露於輾轉晶瑩觀照
枯水梵音相偕於無言的沉吟
像人間破綻裡的一闕青衣記實
像傷口烙印的永恆暴亂
疊障的靈魂有龐大的人生世故
那些觸動的死亡及暗黑拋擲的天問

那些日日為販賣肚腹的技藝折損
那些面具背後的填充淚痕凝視
關於虛實異議裡的受教答案
苦心索尋如此滄海的迷宮章節
我惶惶然仰仗繼續的告解
如同一首詩的力量和內省釋放的透視
看著世界內外眾生肥沃的交會善殖
想像這是一種聖歌傳送的真理
如我聆聽孤獨諸多現象的還原

● 室內

吵雜的。突然靜止
黑幕裡只有我瞳孔有光
像盞燈注視這蛻化成孤獨的世界
我一個人冥想。甚至召回
所有失去的時間。事務。呼吸
試圖解釋這龐大的人生
是如何的縮小和鬆脫
那些無數的拋擲和過與不及
像一只手錶游出的昨天和今天
而明天我必定又要準時抵達
工作以及讀書以及撫養飢餓肚皮
並且繼承不斷未完的填充希望
領受永遠的穿刺。起跑。甚至超越
或許生命都是不期而遇的判決
悲喜。死亡。日子重複聽命的存在
如我彎身俯下的一切統治
訓示。圓滑。真理和倖存者的啟示
萌生詞彙。複寫欲逃無路的圍困句子
在屋內。在一百個的嘆息回覆中
自暗室埋伏的永恆庇護滲透
我聽到智者噤聲的沉默。籠罩
這方小小界域事件的經過。發生和告別

朗誦

夜的外面有人哼著歌
音色是真空且高腔遙遠
像敲錯單弦頹頹下墜的灰狼羅伯
寂靜中撫慰幽幽咽咽的傾斜年代
那些失焦拼貼喃喃自語的場景
像我途經牯嶺街和戒嚴邊境裡的細微聲軌
在黑膠唱片的穿越跋涉中陷入波希米亞人生
聽說您已經很久沒有回家了
在靈魂陷入神話廢墟版本裡
獨自狂亂獨自沾染素色頹廢
一個人躲在革命暗號裡放火
學著參與地下萌芽中的黨外論述編寫
並且聽巴布迪倫聲調裡的真理和社會正義
以及李雙澤黯然奮起中的刮痕心事

亂世中我們載浮載沉的自我表述自我療傷
在那些浸滿恐懼和青春的夜晚
我們隨著世代的沉悶到激越到動魄
時間到黑暗中劃出黎明的弧線
而您手中握住的潮濕手稿依然久久傳唱
那些年窗外瀰漫嘶聲叫響的搖滾和學運
隔著厚厚的牆厚厚遮掩的心
您足蹬嬉皮年代隨尾的背影前進
您大量背誦約翰藍儂和哈維爾的耀眼詩句
您最後以迫問自己的方式唱完「補破網」
所有的壓抑和驕傲和自戀
所有烙印符碼以及擁有的夢想秘密
跌跌撞撞您摸出生命裡的一截壯烈
此刻窗外舞台我悄悄地聽著周杰倫
滿眼血絲我早已忘記楊弦和胡德夫以及您的今生前世
啊。這一年。夜的外面依然有人哼著歌

瓷奴。

一盞青花瓷釉習習風生躺入碗內
滴滴飛霜有薄霧慢慢映開
湛藍與匍匐興亡圖紋蜷伏嬉戲中
而後夜雨滂沱像入宋的冷豔和絢淡
彷彿一齣您我素淨沉默的人生遭遇
如此寒衣過境頻頻回首的魂魄
這千年夢寐初識中的邂逅閃爍
光和手感的溫潤圓脂明鏡裡
寫下一泓碧玉唇印的殷殷開啟
如我歡喜的紅塵胎動有俊美儀容斐成
如後宮晚妾小小逃亡無意潑灑的江湖
在初晴鳥鳴的詩篇承載夕日誦寫
這是流金歲月掩藏的冊籍容顏
這是款款遞變中鑲嵌著耳邊呢喃的碧海長嘯
像凝視眾多巧匠結晶百煉後的繽紛
給我嗷嗷的吟唱和不染塵埃的奏鳴細訴

人間

繞過田埂。一截童年細碎戳記
歌者鳥鳴蟲嘶。三月胭紅和小綠
放牧老農欣喜踏上耕作盛宴而去
鬍渣和汗水仰天　嘆。雨就落下來
勞動者黧黑身體正以耕犁書寫大地
紮根種子。無數希望的標點符號。出芽。收割
記得。父親白霧徐徐吐出新樂園煙味
蹲在斜陽夕暮門庭。等待季節閃爍
五月。炊煙裊裊的雲翼掠過
豬油拌飯。番薯湯浸過生冷心事
負荷回音。來自糧荒苟活的傷痕
一座巨大寂寥。衣食無人閱讀的身世
那年。時間綠了又黃。戰事刀鋒遍地
父親歪斜凌亂腳印烙在幽深貧瘠沙土
與島嶼共鳴。與嗷嗷肚腹共鳴
阡陌的心種植遙遠憧憬的依靠
橫越荒原。以及支撐風雨的雙臂
那年。卡其服的青春期。我目睹一個家世的蕭索
像一支憂鬱號角。吹遍整個村莊。麥田
那年。父親病中老去。留下屋角仍須炊食的一堆鍋瓢
那年。高粱收割。幼弱雀鳥依然在風中躑躅盤旋
那年。一截失去田畝重新記載家譜皺褶的惘惘脈絡

問路

半夜淺眠。記憶折磨的濃烈鄉愁
時間細細剪碎。輾近
月色浸濕。聽靴印融雪的時令
十三月。回家脈息搖晃而荒遠
您步履有繚繞鋪展的心事
像我詩中字句裡的泥濘雨聲
動盪和磨難。戰事殘骸的列隊縮影
在一條腿烙印下的勳章圖騰裡
您以鏗鏘主義燒灼大片沉默人生
朝向遠方驟然襲來的時代脈動
痛和僕役。方興未艾的龐大未知
五十年章節。一頁頁蹣跚湮滅
如夢招手。您往返追魂攝魄的每每暗夜
像日子進犯耗盡的無常征伐
一根菸。一句長空咭歎的火花
擦亮無邊無際問路的低鳴哽咽
像歷史飄茫失措的承諾
一個人。一抹風月盤旋而過的蟄伏顯隱

二行俳句

1.忙一生。您忙活著
忙衣食與時間的絕對

2.都會容貌
有一張老王簡單的臉

3.人生風景經過
看到的都是時間擺設的贗品

4.死亡有六十九種
我只是擇其一而已

5.愛情是遺傳學
我在其中不斷投胎和轉世

6.字崖裡的回聲
有最孤獨的寧靜

7.人與人之間
我選擇是人的那一種

8.我們是我們的各一
世界無法成為我們的我們

9.有人在日子裡過生活
有人在生活裡過日子

歸位

散文詩

他喜歡埋在黑暗中升起菸火。新樂園。六十年代的鄉愁。
一根根漫延到心口。不痛。把往事燒成短短的現在。
現在。他說他喜歡用菸量測一截一截的人生。像熄滅後那些
灰燼。飛揚。未知和荒蕪。充滿無數妖媚。夢。以及
逡巡的孤獨。

火光是煙硝。撫傷。小小蒼茫。像無處可逃的即生即滅。
此刻閃爍。出沒。殖民的島嶼。在這容身七坪界地。回應這
世界狹窄的出口。壓縮成遺忘逗點。讀給自己聽。嘆息和更多的
驚醒。破的衣衫。破的身殼。破的遭遇。拘謹而凋落。那些
少年熱血。槍和年齡誤差只有九公分。榮耀和口號挑起一場
龐大流離和謊言。征伐。遷徙。沿著無邊無際的虛線穿越。
翻山攀嶺。黑江白河。祖國愈來愈遠的錯遞。忠貞愛國的
擎旗。一枚淚。折返成搖晃的轉口。五十年。直指天涯。穀雨
無言。一朵朵春秋風月在斗室深沉逃亡。病和老。此刻跫音
是注釋儀式唯一的指認。

關緊門扉。樓下依然是吵雜人世。巷弄深邃有黑叢叢
的故事。像許多匿名的我。敗壞腐去。沒有聲音。沒有可以
瞄準的遠方。我只看到月曆標靶消費的指涉。靜靜瘖啞。
靜靜歸位。在句句禱詞裡。一口吞吞吐吐的痰水。像流
彈引爆可能的另一場生死。

眺望

（散文詩）

臨窗。臨海。臨一方天界迢迢。

破垣殘壁。一壿止水。此處歷史迴繞。灼傷和記憶。
我認命的一座島。日子。吟哦的白髮。臨著火。我煉造的詞彙。
句句濫伐。撞擊。亂髮搓揉。都是步履。出走。

這裡有青苔。緘默。戰劫。有驚見的星斗盡頭。
滿滿虛遠的煙嵐。盔甲。落日。衰敗的光年。像墨水。臨一抹淡淡晚宋。
家世。庭院。大房。角落皺皺的斑朽。燕尾。落葉跋涉。我聽見敲門的月色。

住所。燈火搖斜。沒有犬聲。雞啼。沒有縫針補丁的掉落嘆息。
我想起老母親。故鄉。夢的形狀等等。
一條溪。一畝田。沿著岐嶇走過的童年。我認命的一座島。

門向遠方。我的窗子逃亡。眺望如候鳥。花崗岩。蕃薯湯。浮沉與承載。
爬行人生。我眼眸捲進一頁頁時間的交換。看山是山。看海是海。
臨摹。一帖熟悉的沙丘。田埂。寫著雕紋過的揮灑。

臨窗。臨海。臨一方天界迢迢。

〔釀字〕

愛苗

1：1.618近乎完美比例的愛

以唇為圓周率砌築一座海

讓所有經過的吻都擱淺迷航

讓打撈成為一樁討價還價的沉緬工程

去吧。左派
我碗底有的是肥肉
喜樂平凡並且安於現實的索求
煙和愛情。胖嘟嘟的口腹正義
這世界藉由隱藏權力和買辨知識支付明天
我們已習慣被簡化以及規範
統治者躍居於美學修辭之上
國家和人民彼此信服體制的馴化
我們成為社會學裡被社會放棄的社會人

去吧。左派
我行囊堆滿股票經濟論述
現實和營生是人的基本根源
錢與幸福。普世化的市場統治定義
全球化在真理的頭上掠空而去
我們生命核心被技術資本獨裁平庸化
所有的個體能量在主體強權舞台軟弱
我們無能為力接受剝削以及審判
並且屈服於龐大的壟斷和騙局

去吧。左派
財富和快樂是意識形態的信仰
當資本主義不斷在從事剝奪和擴張矛盾中
生命價值的存在成為沒有價值的註解
現代化呈現功利和愚昧的烏托邦狀態
軟骨頭的知識份子在自己的殿堂編織空洞理論
我們的陽光照不到人民黑暗角落
脆弱在主流政統被遺忘。甚至死亡
親愛的同胞躲在錯誤政策下等待剝削

來吧。左派
重返人類基本生存權利和自由
在喚起靈魂希望的工程中救贖靈魂
在科技和人心轉化中找到正義和價值
我們必須重新挑戰實踐反骨精神
回歸積極參與存在的永恆意識
審核過度集權主義以及全球化思維幻象
以左派思維具體力量重建弱者的聲音
來吧！左派

二〇七室精神病房

十三公斤的沉默在屋內放大
死寂暗影厥入夢的附會
精神靜止的牢牢鎖住生命
語言與詞彙正在治療中
像一九四九年的七月浮腫和退縮
一切秩序傾衡且混沌進行
世界真理扭曲成塊狀定義
那些肥胖理論不斷削薄疼痛嗚咽
在九千萬個字意裡慢慢拆解和縫合
包括病歷表厚厚記載的庇護以及謊言
並且重複我不斷的離開與現場演化
將哀痛冒出的命題輕挑的佔領
將磨損的慈悲稀釋而無形
讓孤獨靈魂承受空洞叫喊
直到我持續以半截菸蒂吞吐餵養
並且以原罪平息我施與受的崩壞
讓所有的錯位懺悔於因果的寬恕
如哲學瀰漫我安靜的自覺自大
在二〇七室精神病房命運角色的畸生裡
一句一艱辛讀出涉世過深的囚禁丈量
這小小三坪空間彷彿晃生晃滅的修羅場
我努力練習沉默以準備應付輝煌的冒犯

招手

風月歧路。黃昏微暗的巷口
在擦肩而過的窄窄時間
走了又走的人生步道。剎那浮現
我悠然想起一個人
像靜默帷幔裡的嫋嫋故事
蒼鬱。疏落中幾許的英挺
沉吟而狂嘯。矜持而高亢
那些年。那些激情歲月荒蕪下去的年代
血脈浪遊裡的急流
您讀完牯嶺街大面積的禁書
自況人生壯志裡的羅素以及魯迅
像埋名的左派。真理行役的受苦
彷彿靜止而飛揚的讀本魂魄
您獨自演譯。辯論。獨自結束
那一頁頁輝煌的手勢漫漶
自人文靜素的唐山書店到豐饒的誠品
您悄悄朝向自己鑿深的紋路前進
攀越。揮霍。油漬漬的老靈魂
無聲淡出的您。您已是歷史輝煌裡的滄桑名字
夢迴追溯的傾注。翩然歸來

我悠然想起一個人

〔金門目錄〕

①
八百九十九次往返島嶼
數字成為鄉愁的療程
盤旋或未發生的繼續抵達
回家將是一串掛在門庭的投遞密碼

②
一下飛機就聞到燃燒酒味
整座島嶼籠罩在李杜的追問
像走進時光隧道隙痕裡
我迷路在陳高占據的國籍藍圖

③
遍地閩南式住宅容顏
我偏愛有咳嗽聲的歷史裝潢
任憑時間老了又老
那石牆燕尾蟄伏的體溫依然很入眠

懷舊

八帖

①只是一枚虛詞半掩
我看見一棟唐朝在月光下輝煌

②眼瞳是泊岸的舟
眺望一箋秋色風華的生滅轉世

③垂釣千年的寒江雪
那人聽到尋尋覓覓動盪的自己

④夢見杜甫
漫出江陵一灘灘凹凸不平的故鄉

⑤走入一叢芭蕉孵月倒影臉龐
我拾得時光厚厚塗抹的人世徒勞

⑥征人有劍有塵土飛揚有黑暗的招手
征人有未眠的江湖和高高低低的人生

⑦荒蕪而傷癒的句式
猶如我讀過一行野草掩映的李清照

⑧重返簑衣和灶膛的解構
許多鄉愁悄悄的從詞藻中亮起來

●作品

邊境。一百二十五號的畫布角落
有人闖越黑暗。以及情境
時間悄悄拉開一條線
筆觸足跡。量的意象
冥想裡途徑許多主義和派別
那人無神論的埋下姓氏。簽名
留下一個龐大的世代
像宇宙。自言自語討論存在空間的發明
那人終於完成今年最驕傲的一幀作品

半截童年

1.只能仰望卻無法觸及的遠處
小時候的天空栽種著夢想和砲聲
所有星星躲在哀慟的自轉裡
直到炊煙成了回家方向
我才依著深邃火光找到一碗熱騰騰的童年

2.墊起腳尖的十二歲
始終無法攀越戒嚴高度
就像風箏被戕走的翅膀
許多日子低低囚在暗房裡
長大的軀身終究矮了半截

3.少年民防隊的搖晃廣場
槍桿子和年齡差十三公分
不成比例的肩胛與射程距離
一顆顆子彈卡在騰空的疼痛傷口
像墜落飽受驚嚇的折翼春天

時光亂碼

❶
老舊黃昏
一盞千年失眠的燈
有心跳。有遺址
來回的人呀
誰敢逾越今晚的鋒利
明天將是明天的灰燼

❷
夢在窗外
像病繁衍
晚燈風景
我只想脆弱。浮沉
像水一樣靜的美麗前世

❸
十四劃的書寫
問路。老淚回答
五十年前的頭顱位置

❹
備妥寂寞和姿勢
包藏想像的戀人
七公克的愛的負載
原是一樁和道德有關的病

❺
十二月了。雪敲得鏗鏘
誰擊起狼煙的火
這麼陡的人生
您行囊始終缺少故鄉

❻沉默是自己和自己的語言
像假借裡的暗喻
沒有聲音。註解
只是日子途經的刻痕

❼粉紅是好的
一個女子走過的姿色是好的
像新鑄的愛情。像花束
像遺忘。像潤髮後的泡沫
像我們私密的勃起
像虛構的暖化
像解碼。再生而失去

❽時光墜入。無聲的減法
世界越來越輕
恰是我一首詩的收妥和恍神

❾時間是密室裡的有機體
我是我的標本
填滿黑暗。傷亡和離開

❿鐘聲擴張的版圖
羊水角落。潮汐吹奏
靜和動。世界不斷的生死
分針與秒針紛紛淪陷
像黑洞。喃喃的遺忘

⓫ 在雨季繁殖的藻類
趨光成一尾圖騰
朝生暮死。太初秘密
像一則招魂的每日頭版新聞

⓬ 白天和夜晚只隔一條天地線
薄霧般的深淵
摸不到裂縫和痛
只有不斷堆積的步伐
把日子敲破。索取和還原

⓭ 回憶在層層抽屜發酵
黑膠唱片以及彈弓射鳥
時光躺著笑
像舊夢。呼吸。傾訴
像空鏡划舟。生即滅

⓮ 黑暗裡偷渡的光
像火啄破洞口
我看見一則庶民消息

⓯ 手掌阡陌紛歧的路標
走走停停。都是時間的干涉
現在已經不是現在

⓰ 把愛拓寬四十九公尺
您以高姿態佔有

並且預言。時速裡將有盛世和果醬
像荷爾蒙划出路面
濕滑了整個春天

⓱
字行間夾雜大量速度
節奏緩急隨著滑鼠吆喝聲趕路
我優雅的感官成了點狀的亡者
您在一程又一程的視窗界外
流浪。閃光而走失
像鍵盤動盪下墜落身軀

⓲
小日子裡的一記想念
剩極簡的吻。毛髮。屑
以及後退眼神
以及不斷漲潮的胸口
在落葉繽紛的聊天室
愛。嘶鳴如季節

⓳
自己和自己旅行
僻如。在股溝峰頂可以目視浩瀚草原
僻如。可以著陸在斜坡腹丘欣賞浪花海沫
我說。身體是最美麗的風景

⓴
一個人。嗶嗶剝剝的進化
像黑夜鏡面的信仰。閱讀
一字一字釘在耶穌身上

㉑ 我在一本書的旅途中
死亡許多次

㉒ 故鄉的形狀
長得很像赫塞
一些些的荒寂
一些些的渴望
一些些的逃離
一些些的滲透

㉓ 童年心跳
一路上和歲月搭訕
五十年前的我在那裡
無聲的回答
窄窄乳名。沉默像不景氣的乞討者

㉔ 雪中送暖。邊境歷史哭聲
亡者。沒有祖國的孩子們
生存主權從搖籃序曲途中離開
每分每秒。無聲目測
我們看見被拆開的拋物線
光與魔掌。爆裂。蔓延
沒有終點。只有遠方

● 缺席

五斗櫃。蛀空的記憶
炊煙是一封斷絃的魂魄家書
吸吮著碩大時間
夜的秩序。剩下小小鼾聲
門庭縫隙。我聽到許多逃亡鄉音
在親情虛線緩緩頹壞傾倒
像今年八月遲暮的燕尾秋霜
失眠。浪海遠方
一座熟悉的村落沉溺自轉
想回家。燃點老靈魂
我只記得地瓜湯最甜的部位
在喉管攪拌裂開豁口鄉愁
反芻我們共同剝落關係
像生死答案。歲月漩渦
母親缺席。回家是一件未完成的藍圖工程
來去甬道。經過田野以及騷癢童年
我想起鐘擺穿梭裡的方向
臉孔。以及一些陽光灑落的消息
如夢。無聲路途征伐
在微微燈火搖晃。搜索
一則來自水影湛藍的叮嚀叫喚

昨日

這是酒。七零年代
年份像那時代瘀血的顏色
記載平庸和老邁
有鼾聲以及征伐消息
如此哺育島上龐大的靜默
在不斷消損惆悵日子
開罐器和煙硝世局
未知以及脫節的空酒瓶
我們撥開慾望與療程
用酒灼亮青春瘡疤
像很老的故事。湧動而惘然
夜空。碉堡和十九歲的額圮住所
我們需要一瓶有記憶的酒
在回首的末端昂揚
在此身孤獨的鄉愁裡造句
並且捕捉掌心繁複的預卜
像膜拜。甘於屠戮
甘於在戰事與時間陳列的殘骸中
釀出喉管唏噓裡的破敗筆旗
一杯杯豪情暗潮下。醉和揮霍

末世者

給吳耀忠

（散文詩）

一屋子只有一個字。醉。

無法填滿的空洞。蒼白邊際大紙。筆該如何起程。如何安置那些漂泊的還魂。贖罪。

所有高聲朗讀的詩句都是瞳孔對撞的靜默。

遠方。召喚的光。在長夜傳來哭聲。列賓。波特萊爾。杜米埃。

啊。喝下去。解開人生受苦的鐐銬。

酒液裡的那些泡沫。虛偽。破敗。壓抑。彷彿自己。彷彿他者。彷彿黑隆隆的時代。

用決裂靈魂去抵禦蒼茫筆觸下的無名苦悶。那些低調乾澀色彩中攪拌過多的酒精。以及悲憫慈愛的心扛著厚重線條。日夜揮灑。奔走。一條不歸路。

而詩頁蒼白吶喊中。您逼出一滴一滴壯烈淚水。在心的荒原。

一杯一杯燒燙著革命。浪漫。甚至死亡。

酒和放逐。您自泅於釀造的美好沉溺。我彷彿觸摸到生命唯一出口。在詩和畫的咀嚼中。

啊。我們的世代。我們的歲月。我們宣告生命是一次必須完成的壯麗盛開。盛開吧。

空著的人生。冷冽節氣。十二月。適合孤獨。適合參與共同忘記鏡前的那些容貌。

十二月。一個人。一屋子只有一個字。醉。

風景

您二十七歲
一記小小的標點符號
我在很遠的地方
手上有一冊泛黃的叔本華
我們讀著彼此不懂的年代
看著被抓傷的楊逵。陳映真。唐文標
而我那五十歲之後的龐大人生
只管眺望。打呵欠
有時從書架拿起衰老的禁書瞄一瞄
想想再往前走一點
只因歷史已為我們熄了燈

社會學

散文詩

屋內。雨的音節轉換。治療。舒伯特和李臨秋。
更遠的我想起顧城的死。布烈松的黑。反覆咀嚼存在與不存在。活著。不斷的異化和組序。

龐大人生。日子像目錄。感官。白色。網購和反骨。
我渴望您的單眼皮。憂鬱笑聲。沒有主義的快感。私密。進化。在隱喻水聲裡。讀您。

文本。意識形態。時間與微觀。一個人的傲慢。咖啡和書寫。
無性慾的虛擬。聖羅蘭。嗑藥。馬奎斯小說。找個地方年輕。靈魂旅行。
愛與恨。一路上在雨中朗誦。您波希米亞的背影。

靜止。交感神經。寂寞。腎上腺下游。您新版身體。棕色皮膚。
情節。供需。我們在不斷的距離出走。像雨夜。三島由紀夫。
羅蘭巴特。漸冷漸遠。彌漫質量。異教徒。動詞蛻變。
我在我的衰老中複製。詮釋。一種偏執力量。唯物的。愛和臣服。

讀詩人65　PG1305

噪音朗讀

作　　者　許水富
封面原創設計　許水富
內頁構成　許水富
責任編輯　黃姣潔
圖文排版　莊皓云
封面設計　楊廣榕

出版策劃　釀出版
製作發行　秀威資訊科技股份有限公司
114 台北市內湖區瑞光路76巷65號1樓
電話：+886-2-2796-3638　傳真：+886-2-2796-1377
服務信箱：service@showwe.com.tw
http://www.showwe.com.tw
郵政劃撥　19563868　戶名：秀威資訊科技股份有限公司
展售門市　國家書店【松江門市】
104 台北市中山區松江路209號1樓
電話：+886-2-2518-0207　傳真：+886-2-2518-0778
網路訂購　秀威網路書店：http://www.bodbooks.com.tw
國家網路書店：http://www.govbooks.com.tw
法律顧問　毛國樑　律師
總 經 銷　聯合發行股份有限公司
231新北市新店區寶橋路235巷6弄6號4F
電話：+886-2-2917-8022　傳真：+886-2-2915-6275

出版日期　2015年08月　BOD一版
定　　價　390元

Printed in Taiwan

國家圖書館出版品預行編目

噪音朗讀 / 許水富作. -- 一版. -- 臺北市 : 釀出版,
2015.08
面 ;　公分. -- (讀詩人 ; 65)
BOD版
ISBN 978-986-445-030-5(平裝)

851.486　　104011809

讀者回函卡

感謝您購買本書，為提升服務品質，請填妥以下資料，將讀者回函卡直接寄回或傳真本公司，收到您的寶貴意見後，我們會收藏記錄及檢討，謝謝！

如您需要了解本公司最新出版書目、購書優惠或企劃活動，歡迎您上網查詢或下載相關資料：

http:// www.showwe.com.tw

您購買的書名：____________________

出生日期：________年________月________日

學歷：☐高中（含）以下　☐大專　☐研究所（含）以上

職業：☐製造業　☐金融業　☐資訊業　☐軍警　☐傳播業　☐自由業　☐服務業　☐公務員　☐教職

☐學生　☐家管　☐其它____________________

購書地點：☐網路書店　☐實體書店　☐書展　☐郵購　☐贈閱　☐其他

您從何得知本書的消息？

☐網路書店　☐實體書店　☐網路搜尋　☐電子報　☐書訊　☐雜誌　☐傳播媒體　☐親友推薦

☐網站推薦　☐部落格　☐其他____________________

您對本書的評價：（請填代號　1.非常滿意　2.滿意　3.尚可　4.再改進）

封面設計______　版面編排______　內容______　文／譯筆______　價格______

讀完書後您覺得：

☐很有收穫　☐有收穫　☐收穫不多　☐沒收穫

對我們的建議：____________________

____

____

____

請貼
郵票

11466
台北市內湖區瑞光路 76 巷 65 號 1 樓
秀威資訊科技股份有限公司 收
BOD 數位出版事業部

（請沿線對折寄回，謝謝！）

姓　名：____________________ 年齡：__________ 性別：□女 □男

郵遞區號：□□□□□

地　址：____

聯絡電話：(日) ____________________ (夜) ____________________

E-mail：____